MW01168823

EL VIGILANTE DEL FIORDO

Obras de Fernando Aramburu
en Maxi

FERNANDO ARAMBURU
EL VIGILANTE DEL FIORDO

MAXI
TUSQUETS
EDITORES

El papel utilizado para la impresión de este libro es cien por cien libre de cloro y está calificado como **papel ecológico**.

1.ª edición en colección Andanzas: mayo de 2011
1.ª edición en colección Maxi: enero de 2019

© Fernando Aramburu, 2011

Adaptación de la cubierta: Maxi Tusquets / Área Editorial Grupo Planeta

Ilustración de la cubierta: fotografía de Christian Kober. © Robert Harding World Imagery / Getty Images

Fotografía del autor: © C.P.

Diseño de la colección: Guillemot-Navares

Reservados todos los derechos de esta edición para
Tusquets Editores, S. A. - Av. Diagonal, 662-664. 08034 Barcelona
www.maxitusquets.com

ISBN: 978-84-9066-634-0
Depósito legal: B. 26.597-2018
Impresión y encuadernación: CPI (Barcelona)
Printed in Spain - Impreso en España

Índice

A Fernando y Mari, mis padres, con agradecimiento

Chavales con gorra

Acostada como de costumbre con antifaz, la mujer no advierte desde la cama el resplandor que llena de golpe la habitación donde él acaba de descorrer la cortina. Llegaron anoche, tan tarde que hubieron de pulsar el timbre de la recepción hasta que por fin vino a atenderlos un recepcionista con cara de sueño interrumpido.

El lugar (dieciocho mil almas según el prospecto que reposa sobre la mesilla) no tiene el renombre turístico de otras ciudades repartidas a lo largo del mismo litoral. Por esa razón lo eligieron con ayuda de un mapa cuando tomaron la decisión de abandonar Málaga cuanto antes.

–Josemari, si aquí no podemos escondernos, entonces ya me dirás dónde como no sea en un país extranjero.

Subían los dos solos con las maletas en el ascensor. Él la reprendió por hablar tan alto; ella negó en susurros que estuviera hablando como él afirmaba. A partir de aquel momento dejaron de mirarse a los ojos y un rato después se metieron en la cama sin darse las buenas noches.

Desde la ventana se abarca un paisaje de fachadas blancas y azoteas y antenas de televisión y alguna que otra palmera. Las casas ocultan la playa. Se avista, no obstante, una delgada franja de mar. En las aguas azules cabrillea la luz del sol. Al otro lado de la calle hay un tanatorio. Se ven dos coches fúnebres aparcados junto a una hilera de adelfas.

Una hora antes ha bajado él solo a desayunar. Mientras comunicaba el número de su habitación a la chica con traje de chaqueta encargada de tomar nota de los comensales que van llegando, ha oído voces y risas juveniles procedentes del comedor. Con mal disimulada inquietud ha dicho entonces que debía efectuar una llamada urgente y que enseguida volvería, pero no ha vuelto.

Lleva largo rato esperando que a su mujer se le pase el efecto del somnífero. En el mueble-bar había dos chocolatinas y una bolsa de almendras saladas. Ha desayunado una chocolatina y diez o doce almendras, empujando los bocados con agua mineral. El mueble-bar no refresca lo suficiente. Al final ha bebido un botellín de coñac a pequeños sorbos, ya que no tiene hábito de tomar alcohol por las mañanas.

Sentado en un sillón, ha escrito en el pequeño Moleskine que le trajo su hijo de Londres: «El padre, que en paz descanse, se revolverá en la tumba si se entera de que planeo deshacerme del taller. Se acaba una tradición, pero yo entiendo que con sesenta y tres años aún es pronto para que me manden a criar malvas. Que también se sepa esto en caso de que esos me encuentren».

El día que dejaron Alicante, ella sugirió la idea de establecerse durante una temporada en Londres.

–Hasta que nos olviden.

–¿Esos, olvidar? Ya lo dudo. Además, no creo que a nuestra nuera le haga mucha gracia cargar otra vez con nosotros.

–De carga, nada. Ventajas económicas no les han faltado. Tampoco tenemos que meternos en su casa si nos ayudan a encontrar un piso de alquiler.

–Vamos a mirar primero en Málaga. Es una ciudad grande, ¿eh? Igual hay suerte.

El tanatorio linda con una plazuela cuyo suelo, desde la ventana del quinto piso, parece arenoso. En la plazuela hay un anciano de tez morena sentado en un banco. Sobre él vierte su sombra una palmera de la que cuelgan racimos de dátiles. Cerca del viejo, tres niñas de pocos años juegan a la comba. En otro banco conversan dos mujeres jóvenes, cada una con su cochecito de bebé.

Anota en el Moleskine: «Tranquilidad por el momento».

Minutos más tarde, la mujer se despierta. Al despojarse del antifaz, se percata de la presencia del marido junto a la ventana y le pregunta sonriente:

–¿Qué, algún chaval con gorra?

–Tiene buena pinta este sitio. Hay mucha luz. Hay mar y palmeras. Estaba pensando si abrir por aquí un hotelito de lujo como dijiste el otro día. Así andaríamos entretenidos. No más de veinte camas. Y mandar todo lo demás a la mierda. Lo podríamos poner a tu

15

nombre por si las moscas. Y luego que lo atienda media docena de empleados, ninguno de fuera de Andalucía, y nosotros nos mantenemos un poco en la sombra.

La mujer se desviste antes de entrar en el cuarto de baño. Una larga cicatriz se extiende por la zona donde hace un año aún tenía un pecho. Lo peor del tratamiento ya pasó. El doctor Arbulu le aseguró durante la última visita que en principio, salvo que se produzca alguna improbable complicación, está curada. El marido sospecha que por el camino de la clínica debieron de echarle el ojo y luego ya fue pan comido seguirla hasta Alicante.

Sale humo blanco por la chimenea del tanatorio aunque es domingo.

Escribe: «Habrá que hacer caso a Maite. Si aquí tampoco hay suelo para echar raíces, nos iremos al extranjero».

Por la acera que bordea el tanatorio camina un chaval de rasgos gitanos, melena hasta los hombros, manos hundidas en los bolsillos del pantalón. En ningún momento vuelve la mirada hacia el hotel. Sus pasos son largos y rápidos. Buena señal. Otro tanto se puede afirmar de las botas de cuero. Hay que ser de la zona para calzarse de semejante manera. Con el calor que hace. El chaval saluda al viejo de la plazuela sin detenerse. El viejo le corresponde con una leve sacudida del bastón.

Suena el agua de la ducha y él escribe: «Al padre le dolería. Hay que aguantar, hijo. Hay que aguantar

16

como yo aguanté durante la guerra y los años de penuria. Es lo que siempre decía. Pero los suyos fueron otros tiempos. Yo no puedo sostener la empresa a mil kilómetros de distancia. Si no estás encima te la hunden. Los camiones, bueno, esos los vendo, y si me vuelve a dar por el transporte me compro otros y reabro la empresa en Sevilla. Con nombre nuevo, faltaría más. Pues igual es por el padre que aún no me he largado al extranjero. Que se sepa».

Una hora después bajan a la calle. La mujer usa un sujetador especial provisto de un relleno de gomaespuma. Los dos llevan gafas de sol.

–Avísame si ves una iglesia –dice ella–. Quiero echar un ojeada al horario de misas.

Nada más cruzar la puerta principal del hotel, él señala con un golpe de barbilla hacia el tanatorio.

–Incineran en domingo.

–¿Y tú cómo lo sabes?

–Joé, ¿no ves el humo?

–Bueno, Josemari, cambia de tema. ¿Izquierda o derecha? ¿Adónde vamos?

–Tira para el mar.

Cruzan la calzada cogidos del brazo. La costumbre de caminar enlazados les viene de cuando eran novios, hace ya muchos años. Últimamente no la practicaban por recomendación policial. Pero ahora es distinto. Ahora están lejos de su pueblo, en un sitio poblado de caras desconocidas.

Las primeras semanas del viaje fueron las peores. Maite estaba convencida de que no había justificación para el miedo de su marido. A los parientes y amigos del pueblo les contaron que se iban para una larga temporada a Inglaterra. Nadie podía saber dónde se encontraban en aquellos momentos.

Josemari no lo tenía tan claro. A cada instante se sentía observado, perseguido, acorralado. Veía individuos sospechosos en cada esquina y, cuando no los veía, se los imaginaba. Se los imaginaba con rasgos y movimientos tan veraces que era como si los viera.

Iba el matrimonio paseando por las calles de Alicante o de Málaga, y podía suceder que él dijera de repente con una vibración de alarma en la voz:

—Vuélvete con disimulo. Verás dos chavales parados junto al semáforo. ¿Los ves?

—Veo mucha gente, Josemari.

—Los de las gorras. No sé a ti, pero a mí me dan mala espina.

Maite no hacía mucho caso de los temores de su marido hasta el día aquel, en el piso alquilado, cuando sonó el teléfono a las tres y media de la madrugada y una voz confusa y medio susurrante farfulló unas cosas raras sobre un perro y unos cartuchos y algo de ir a cazar. Maite había llegado en tren por la tarde a Alicante. Venía contenta por todo lo que le había dicho el doctor Arbulu, pero la debieron de seguir. ¿Quién sino alguno de ellos podía llamar a esas horas con la excusa de preguntar por un perro?

Él no abrigaba la menor duda.

—Nos han encontrado.

–No empecemos, Josemari. ¿Cómo saben que vivimos aquí?

–Ni idea. Pero para mí está claro que esa manera de pronunciar las eses no es propia de alicantinos. El cabrón que ha llamado era uno de ellos. Mañana a primera hora anunciaré que no firmo el contrato. Ya se me ocurrirá alguna explicación. Nos vamos de la ciudad.

Atraviesan un barrio de calles estrechas, con casas bajas de paredes blancas, ventanas enrejadas y balcones adornados con geranios. Aquí y allá, corros de vecinos conversan sentados en sillas, junto a las puertas, y cuando ellos se acercan bajan la voz. También los niños interrumpen sus juegos para fijar la mirada en la extraña pareja. Josemari, al doblar una esquina, le susurra a Maite que toda esa gente de tez morena debe de tomarlos por extraterrestres. Al pasar inclinan la cabeza apocados, pues les da corte sentirse objeto de tanta curiosidad. Así y todo, algo han de hacer porque tampoco quieren levantar suspicacias. Algunas personas les responden con fórmulas de saludo a las que ellos no están acostumbrados:

–Vayan ustedes con Dios –y frases por el estilo.

Transcurrido un cuarto de hora, llegan al paseo marítimo por un callejón en cuesta donde trasciende un fuerte olor a calamares fritos. Por la ventana abierta de un segundo piso sale la voz cantarina de una mujer. Hay un gato mugriento mordisqueando una cabeza de pescado sobre un alféizar.

A la vista del mar, a Josemari le toma una acometida de desánimo, como en Alicante, como en Málaga.

–No es lo mismo.

–Agua y olas, Josemari.

–El Mediterráneo, con todos mis respetos, no es lo que yo entiendo por mar. Un mar, lo que se dice un mar auténtico, es el nuestro, con sus temporales y sus mareas vivas y sus acantilados. No se puede comparar.

–Y entonces, ¿esto qué es?

–No sé, otra cosa. Un lago grande.

Y mientras Maite se dirige a los servicios de la cafetería en cuya terraza se han sentado a tomar el aperitivo, él escribe en el Moleskine: «Puedo acostumbrarme a todo, pero siempre echaré en falta el mar de mi tierra. El mar, el mío, junto al que me crié, es fundamental en mi vida. Ahora me doy cuenta».

Luego se dedica a observar con detenimiento a los transeúntes que deambulan por delante de la terraza, sintiendo un pinchazo de aprensión cada vez que algún joven entra en su campo visual. Cree que en Málaga, el otro día, lo siguieron un chaval y una chavala, tocados los dos con gorras de visera. También pudo ser casualidad, ya que cuando cambió de calle y se refugió en una farmacia aquellos dos pasaron de largo como si nada. Después los siguió de lejos. Y en principio no encontró nada raro en ellos. Al día siguiente, yendo con Maite de paseo por el puerto, al darse la vuelta tras comprar el periódico en un quiosco los reconoció. O él se figura que los reconoció.

–Josemari, ¿estás seguro de que son los mismos?

–De las caras no me acuerdo exactamente, pero sí

de las gorras y de que eran chico y chica como esos de ahí. A lo mejor se relevan, porque estos tipos, si algo saben hacer, aparte de joderle a uno la vida, es organizarse.

La camarera que les ha servido los aperitivos les explica ahora, con un cerrado acento andaluz, la forma más sencilla de llegar a una iglesia situada a unas cuantas calles de allí. Al enterarse del propósito de Maite, la chica tiene la amabilidad de llamar por teléfono móvil a su madre.

–No, pero si no es ninguna molestia.

Así pues, a la una se oficia una misa en la iglesia referida. Ahora son las doce y media pasadas. Maite y Josemari expresan su agradecimiento por medio de una propina generosa. Luego, cogidos nuevamente del brazo, se encaminan sin prisa hacia el lugar indicado. Por encima de una línea de azoteas avistan cinco minutos después la torre donde ya suena la campana.

Josemari se queda sentado en un banco de la calle, debajo de un limonero que le sirve de sombrilla. Maite trata de persuadirlo a que la acompañe diciéndole que en el interior de la iglesia habrá aire fresco.

–Aquí te vas a achicharrar.

–Aquí estoy bien. Saluda a Dios de mi parte.

La misa dura cerca de tres cuartos de hora. Poco más de dos docenas de fieles se reparten por las filas de bancos. Maite ha tomado asiento en el de la última fila y de vez en cuando echa una mirada a la puerta con la esperanza de ver entrar a Josemari. El cura es un anciano de voz cascada que habla en un tono monótono y ceceante. Las malas condiciones acústicas del templo apenas permiten que se le entienda. Pero, en fin, Maite ha cumplido con el rito, que es lo que a ella le importaba.

Al salir a la calle, se lleva un susto de muerte al encontrar vacío el banco donde Josemari había prometido esperarla. Mira a una parte, mira a la otra y no ve a nadie a quien preguntar por un hombre de camisa blanca y poco pelo en la cabeza que estaba aquí sentado hace un rato. En el centro del pecho se le forma un nudo doloroso que le dificulta la respiración y le recuerda las pasadas penalidades de su enfermedad. Los fieles que han asistido a la misa se alejan en distintas direcciones. Pronto se queda la calle desierta. En esto, Maite descubre el Moleskine de Josemari tirado en el suelo. Un mal augurio la colma de angustia. Sumida en una creciente sensación de mareo, lee lo último que su marido ha escrito: «Las mismas gorras que en Málaga». A Maite le falta poco para ponerse a gritar. Se dirige a la puerta más cercana con el propósito de que la ayuden a llamar a la policía. Entonces ve aparecer a Josemari por una esquina de la calle. Corre hacia él y, aún alarmada, le pregunta:

–¿Se puede saber dónde te has metido?

La mujer que lloraba en Alonso Martínez

A Begoña Orellana, José María Merino
y Óscar Esquivias

Quizá la vio otras mañanas sin parar la mirada en ella. Se aprieta tanta gente a esas horas en el metro. Un ser humano entre mil, ¿qué abulta? Muy poco. Nada. Y luego la prisa que uno lleva, el cansancio que pesa en los párpados tras la noche mal dormida, las tareas inminentes...

En una de las estaciones, su mirada soñolienta siguió sin motivo a unas espaldas que se alejaban presurosas. Entonces la descubrió por casualidad. Estaba allí cerca, sentada, una pierna sobre la otra, en el banco adosado a la pared. Después se cerraron las puertas, el tren reanudó la marcha y a los pocos segundos desapareció de sus pensamientos la imagen que brevemente había llamado su atención.

Claudio B. se habría olvidado de la mujer que lloraba en el banco si no fuera porque al día siguiente volvió a verla en el mismo sitio y también estaba llorando. Esto ocurrió un viernes. El sábado y el domingo Claudio B. no se desplazó a casa de su hermana Lucrecia, con quien había convenido en que los fines de semana él quedaría libre del compromiso de cuidar a su madre.

El lunes, nada más empezar a bajar las escaleras que conducían al andén, se acordó de la mujer sentada en la estación de Alonso Martínez. Y cuando la vio, de nuevo con el rostro demudado por el llanto, se encendió dentro de él una llama de curiosidad que no hizo sino crecer en los días posteriores.

Últimamente su hermana lo había estado llamando por teléfono para lamentarse. A menudo asomaba en sus quejas una punta de reproche. Eran en todos los casos reproches indirectos, camuflados en frases del tipo:

–Ahora que mamá está como está, agradecería cualquier clase de ayuda.

Los dos hermanos mantenían un trato esporádico no exento de cordialidad. Nunca su relación fraterna se había visto afectada por el veneno de la discordia, ni de niños, cuando vivían juntos en la casa familiar de Aravaca, ni ahora que ella sobrepasa los cuarenta y él cumplirá cincuenta dentro de poco.

Claudio B. constató lo que ya suponía, que su hermana estaba viviendo tiempos difíciles. Lucrecia había enviudado recientemente. Cosas que pasan. En fin, un palo. Además de acudir a sus obligaciones laborales en un bufete de abogados, debía ocuparse de la casa y cuidar de sus dos hijas, de nueve y once años.

Antes Lucrecia contaba con el apoyo indispensable de su madre; pero también eso se había terminado. En la actualidad la anciana era quien le daba mayores quebraderos de cabeza debido a su creciente decaimiento físico y mental.

Claudio B. comprendió que debía echar una mano a su hermana. En la oficina puso al jefe al tanto del problema. El jefe no dudó en concederle por adelantado dos semanas de vacaciones. Tal era el tiempo que faltaba para que la madre de Claudio B. ingresara en una residencia geriátrica de la calle del Butrón.

Hasta entonces él la atendería en casa de Lucrecia desde las nueve de la mañana hasta las cuatro o cuatro y media de la tarde, que era cuando su hermana acostumbraba volver del trabajo. Los sábados y domingos Lucrecia y las niñas se harían cargo de la anciana.

Libre de otras ataduras familiares (ya que, divorciado y sin descendencia, vivía solo), Claudio B. no tuvo dificultades para adaptarse desde el principio a su nuevo plan de la jornada. Salía de casa a eso de las ocho y media; al final de María de Molina se paraba a comprar el periódico en el quiosco y luego cruzaba al otro lado de la Castellana para coger el metro en Gregorio Marañón.

La línea 10 lo dejaba en Plaza de España. Y de allí a casa de Lucrecia lo separaban cinco minutos escasos de camino.

Le calculaba alrededor de treinta años. Ya no era lo que comúnmente se entiende por una chica; pero tampoco presentaba los signos irreparables de las mujeres convertidas en señoras.

Acerca de su estatura él no podía hacerse una idea precisa puesto que siempre veía a la mujer sentada. Ella lloraba a veces con poca intensidad, sin la mueca violenta de otras mañanas, formando una expresión de delicada tristeza que permitía a Claudio B. comprobar que tenía un rostro agraciado.

La mujer vestía con un toque de elegancia discreta, sin adornos ni colores llamativos. Cambiaba de atuendo de un día para otro, no así el tipo de prendas: pantalones, blusas con o sin chaquetilla sobrepuesta y zapatos de medio tacón. Tan sólo una vez la vio vestida de idéntica manera en dos días consecutivos.

Claudio B. se acostumbró a viajar todos los días en el mismo vagón. De ese modo, cuando el tren se detenía en Alonso Martínez, el banco donde lloraba la mujer le quedaba bastante cerca. Para no tener que observarla a través de la ventanilla procuraba apostarse junto a la puerta, con el vivo deseo nunca cumplido de que sus miradas se cruzasen.

Ella, o bien miraba las baldosas del suelo, delante de sus pies, o bien fijaba los ojos vidriados por las lágrimas en un punto indefinido por encima de la cubierta del tren. El ir y venir de la gente acentuaba su quietud y acaso su soledad. A nadie parecía llamar la atención el cerco corrido de su sombra de ojos.

De regreso a su casa, Claudio B. no podía ver a la mujer. Se lo impedía un muro interpuesto entre las vías de una y otra dirección. Una tarde, incapaz de resistir la curiosidad, decidió apearse. Dio la vuelta por escaleras y galerías y, al llegar al andén opuesto, encontró el banco vacío.

Claudio B. no lograba apartar de su pensamiento la imagen de la mujer llorosa. Empezó a reconocerla por la calle. De pronto unos rasgos femeninos entrevistos al azar le mostraban un vestigio de ella. La veía cada vez que una actriz derramaba lágrimas en alguna película de la televisión. La contemplaba lleno de pena en sus sueños y desvelos nocturnos.

Temeroso de obsesionarse, formó propósito de referir el caso a una persona de confianza. Se le figuraba que un peso compartido se lleva con mayor facilidad.

Lo intentó primeramente con su madre. Mientras le introducía cucharadas de alimento en la boca, como percibiese en ella atisbos de lucidez, empezó a contarle. La anciana, al principio, parecía entender. El metro, los viajeros, la estación de paso. Pero cuando Claudio B. describió sin mucho detalle a la mujer que lloraba, la anciana lo interrumpió para intercalar una afirmación disparatada que no guardaba la menor relación con el relato de su hijo.

Entonces Claudio B. decidió esperar a la tarde para contárselo a su hermana. Lucrecia, que como de costumbre volvió cansada del bufete, que llevaba dos días con dolor de cabeza, que aún debía ir a recoger a las niñas, que bastantes problemas tenía como para echarse encima los de una extraña, le pidió que por favor no siguiera adelante tan pronto como comprendió que se trataba de una historia triste.

—Mira, Claudio, si tanto te preocupa esa mujer, por qué no le preguntas qué le ocurre y le echas, si te apetece, una mano o te casas con ella y a mí me dejas tranquila, que no tengo la culpa de nada y cualquier día de estos voy a terminar igual o peor.

Cinco mañanas había fijado Claudio B. su atención en la mujer que lloraba, comiéndosela como quien dice con los ojos, absorto y fascinado durante el breve tiempo que el tren permanecía detenido en la estación de Alonso Martínez.

La sexta mañana se apeó. No aguantaba más. Quería verla de cerca; sentarse, si lo acompañaba el valor, a su lado. No se dejó llevar por un impulso espontáneo, sino que consumó (¡por fin!) un deseo que llevaba dos días royéndole por dentro del pecho. Tenía incluso previsto dirigirle la palabra con la excusa de ofrecerle un clínex. Y por si se daba el caso de trabar conversación con ella, y para no llegar tarde al piso de su hermana, se había puesto en camino veinte minutos antes de lo habitual.

Las lágrimas de la mujer, su mueca de aflicción, el frotar nervioso de sus manos, lo impresionaron con más fuerza que cuando solía mirarla desde el vagón.

No había en la pared próxima al banco ningún cartel informativo que le permitiese situarse junto a ella de modo que no la hiciese concebir recelos. Claudio B. se conformó con observarla a seis o siete metros de distancia, sin atreverse a otra cosa que a pasar a toda prisa por delante de ella cuando se produjo la llegada del siguiente tren. Cerca de la mujer, le pareció oír unas palabras en voz baja. Pero no estaba seguro y más tarde, mientras atendía a su madre, pensó que tal vez a la mujer se le habían escapado simplemente unos gemidos.

¿Por qué lloraba? La pregunta no se le iba de la cabeza. En el piso de Lucrecia, durante el viaje de vuelta en metro, solo en su casa al atardecer, a oscuras en la cama, no cesaba de imaginar respuestas.

Un hijo, un hermano, una amiga que se le murió en aquel sitio. Acaso, quién sabe, por culpa de un descuido suyo. O está atormentada por una decepción amorosa. Por problemas matrimoniales. Por deudas. Por una depresión. Porque algún bruto la humilla, la maltrata, la persigue...

Participó a Lucrecia las dudas que lo inquietaban.

–Joé, Claudio, ¿quién me iba a decir a mí que fueras un hombre tan sensible? Si sé que en todo este tiempo, viéndome llorar, hubieses venido a toda pastilla a prestarme ayuda, te habría mandado todos los días un litro de lágrimas con un motorista, te lo juro.

Él abundó en la enumeración de pormenores (el rímel corrido, la boca fruncida, las cejas apenadas), como si en alguno de ellos se escondiera la explicación del misterio.

–Se me ocurre una teoría –le replicó Lucrecia con expresión adusta–. La tipa anda a la caza de un incauto. Sus lágrimas son el cebo y tú estás a punto de picar.

–Estoy convencido de que su sufrimiento es auténtico. La tendrías que ver. No se parece en nada a una fingidora.

Lucrecia soltó un resoplido de impaciencia antes de asegurar que tenía asuntos más importantes de los que ocuparse. Luego, con un ademán que no dejaba lugar a dudas acerca del propósito de zanjar la cuestión, dijo:

–Mañana será el último día que vengas aquí, puesto que por la tarde llevaremos a mamá a la residencia. Conque no te preocupes. Le haces adiós con la manita desde el tren a la llorona esa y pronto, sin necesidad de proponértelo, te habrás olvidado de ella para siempre. ¡Ojalá mis problemas fueran igual de graves que este!

Al día siguiente, cuando el tren dejó atrás la estación de Alonso Martínez, Claudio B. se convenció de que nunca más volvería a ver a la mujer. Durante el fin de semana no tenía previsto desplazarse a casa de su hermana. El lunes debía reintegrarse a la oficina.

La idea de volver al metro a media mañana le vino cuando se percató de que su madre se había quedado dormida en el sillón de la sala. Calculó que, si se daba un poco de prisa, estaría de vuelta en menos de una hora.

Salió decidido a hablar con la mujer, a confesarle que la llevaba observando desde hacía varios días y a ofrecerle ayuda si la necesitaba.

La encontró a eso de las once en el banco de costumbre. No tuvo reparo en sentarse cerca de ella, guardando una prudencial y, desde su punto de vista, educada separación. Ella no pareció darse cuenta de su llegada.

Tenía el semblante mustio, los párpados enrojecidos, pero no se podía afirmar que en aquel instante estuviese llorando.

–Perdone que me entrometa...

Permaneció impertérrita, la mirada gacha, el entrecejo pensativo.

Claudio B. consideró oportuno declararle su nombre, así como las buenas intenciones que lo habían animado a tomar asiento a su lado. Incluso se mostró dispuesto a marcharse sin demora si ella se lo exigía.

En vano esperó que la mujer volviese hacia él la mirada.

–¿No hay nada que yo pueda hacer por usted?

La mujer abrió poco a poco una mano tapándola con la otra, como si tratara de ocultar a las personas esparcidas por el andén lo que tenía agarrado dentro del puño, y sin decir palabra enseñó a Claudio B. un boquete cárdeno y supurante en el centro de la palma. A continuación, con el mismo aire ausente y parecidas precauciones, levantó una de las perneras de su pantalón, lo justo para que asomara parte de una llaga aún más grande en su pantorrilla.

Un estrépito de ruedas chirriantes ahogó la interjección de asombro de Claudio B. Cuando de nuevo fue posible entenderse, ella, con una especie de ruego conminatorio, mirándolo por vez primera, lo instó a montarse en aquel tren que acababa de llegar.

–Váyase, por lo que más quiera.

Él tuvo un momento de vacilación; pero luego, espoleado por una sacudida de miedo, se apresuró a recorrer a paso vivo los escasos metros que lo separaban del vagón, cuya puerta se cerró nada más poner él los pies dentro.

Transcurridas dos semanas, leyó en la página de sucesos del periódico, durante un descanso en sus tareas de la oficina, que una mujer aún no identificada había muerto de víspera en la estación de Alonso Martínez atropellada por un tren. La policía solicitaba la ayuda de testigos. No se había podido aclarar si la mujer se había quitado la vida o había caído accidentalmente a las vías.

Claudio B. sintió una punzada de decepción. No abrigaba la menor duda de que la fallecida era la mujer que solía llorar por las mañanas en el banco. Lo irritó el desenlace trivial de aquella historia que tanto lo había intrigado aunque no llegara a conocerla. Al final lo venció la melancolía, pensando que, salvo unos pocos héroes ocasionales, todo el mundo paga un tributo desmedido a la vulgaridad.

Tiempo después, ya olvidado el caso, lo llamó Lucrecia por teléfono para preguntarle en tono de recriminación si no entraba en sus planes ir de vez en cuando a visitar a su madre.

–¿Ha preguntado por mí?

–Mamá ya no pregunta por nadie.

Claudio B. prometió acudir una vez por semana a la residencia geriátrica. Cogería el metro en Gregorio Marañón, cerca de su casa y de la oficina, y viajaría en la línea 7, sin necesidad de transbordos, hasta San Blas.

–Iré los jueves –dijo.

Y así lo hizo. A la salida del trabajo se marchaba a estar un rato con su madre, que pronto dejó de reconocerlo. Él aprovechaba el trayecto para echar una ojeada a las partes del periódico que no había podido leer en la oficina. Y una tarde de tantas, ya cerca del

...o, en la estación de Avenida de América vol-
...or azar la mirada hacia la ventanilla y la vio como
...había visto en unas cuantas mañanas de la pasada
primavera.

Sola en un banco, con una pierna encima de la
otra, llorando.

Mártir de la jornada

Arsuaga apenas pudo dormir durante la noche. Al rato de acostarse, se le reprodujeron en la región genital los picores que ya lo habían atormentado la semana anterior. El médico se lo había advertido. Evite rascarse porque de lo contrario agravará usted su enfermedad.

Aguantó hasta pasada la medianoche. De pronto se rascó levemente. Después no le fue posible refrenar la mano. Al alivio pasajero seguían ráfagas de prurito insoportable. Tuvo que ir al cuarto de baño a aplicarse el ungüento. Al amanecer se sentía muy cansado. Tal vez por eso, además de por las pocas ganas que tenía de participar en lo que consideraba una pantomima, no recordó bien la indicación y acudió a una iglesia equivocada.

De víspera lo llamó por teléfono la secretaria del asilo. Quizá la directora no lo considera persona de relevancia suficiente como para molestarse en llamar ella. La secretaria y gracias. Podían haberme informado antes; pero mejor a última hora, claro, para que no me dé tiempo de tomar cartas en el asunto. Su madre había decidido acogerse al seno de la religión. Arsuaga temió al pronto alguna oscura maniobra detrás de aquella retórica clerical. A mí esos no me tocan el testamento. Como si no conociera de sobra las astucias del sacerdote. También preguntó por qué no se celebraba la ceremonia en el asilo. Porque las obras en el comedor habían obligado a derribar un tabique de la capilla. Ya era casualidad.

Barajaba diversas posibilidades. La anciana había sido engañada; la anciana había cedido a las amenazas del sacerdote, de la directora del asilo o de los dos juntos; la anciana no se daba la menor cuenta de lo que le estaban haciendo. Cuantas más vueltas daba al asunto, más plausible se le figuraba a Arsuaga la última hipótesis.

Lo apretaba la tentación de meterse en el despacho a trabajar. Al mismo tiempo le infundía lástima el recuerdo de su madre decrépita, incapaz de valerse por sí misma, y aconsejado por la compasión determinó presentarse en la iglesia. No estaba dispuesto a dejar a su madre expuesta a los tejemanejes de aquella gente. A las doce y cuarto debía acudir sin falta al entierro de Rodríguez Beltrán. ¿Cuánto dura un bautizo? No estaba seguro de disponer de tiempo suficiente para volver a casa y cambiarse de ropa, así que, con idea de evitar incordios, decidió asistir con traje de luto al bautizo de su madre.

Por el camino paró el coche delante de la pastelería que hay antes de llegar a la universidad. Miraba indeciso las hileras de tartas en las baldas protegidas por un vidrio. Arsuaga le reveló a la joven vendedora a quién tenía previsto regalar la tarta. La vendedora le aconsejó que comprase una de nata, ya que, por ser blanda, se adecua mejor a la dentadura de las personas mayores. Qué bien habla esta chica. Cabía la posibilidad de escribir una felicitación con caramelo o chocolate. Arsuaga se hizo el sordo. Como la vendedora insistiese, dijo que no hacía falta escribir nada.

Golpearon su atención unos merengues que había encima de una bandeja, junto a la caja registradora, y decidió comprar uno porque le había vuelto el picor. Al amparo de unos contenedores de basura, al final de la calle, se untó con el pastel la zona irritada. No era lo mismo que el ungüento de farmacia, pero confió en que también sirviera para lubricar la piel. Al salir del escondite se dio cuenta de que lo había estado espiando un grupo de niños, primero sigilosos, ahora burlones. Les hizo un corte de mangas.

A la hora que le había anunciado la secretaria del asilo, entró en la iglesia por una puerta lateral. Llevaba consigo la tarta envuelta en un papel de rayas rojas y azules, atado con una cinta. Le produjo extrañeza encontrar la iglesia vacía. Huy, a ver si no va a ser aquí. Le hirió el olfato un olor de madera vieja y moho.

A punto de marcharse, divisó en la penumbra de la nave opuesta a un hombre gordo que barría el suelo con una escoba. Quizá pudiera darle razón. Sin tiempo de dirigirle la palabra, el hombre le soltó una injuria al tiempo que hacía ademán de sacudirle un escobazo. Arsuaga se dejó arrastrar por el impulso de devolverle la ofensa. ¿Ha visto usted a Dios últimamente? Al hombre gordo se le demudó la cara como si de pronto le hubiera entrado un dolor. Tiró la escoba al suelo y desapareció por una puerta cercana tan rápidamente como se lo permitía su cuerpo hinchado y torpe. Sobre el suelo de losas quedaron la escoba, el recogedor y un montoncito de desperdicios que Arsuaga deshizo de un puntapié.

Tras varios intentos fallidos logró hablar desde el móvil con la secretaria del asilo, que le comunicó a qué iglesia había sido llevada su madre en compañía de otro anciano. ¿Quién oficia la farsa? Don Augusto, por supuesto, y no es una farsa, señor Arsuaga, sino un bautizo.

Aprovechando que el pelma del médico no estaba allí para amonestarlo, Arsuaga salió a la calle rascándose. En el coche estudió con ayuda del plano de la ciudad el modo de llegar a la otra iglesia. Estaba más cerca del asilo que esta, en un arrabal lindante con el bosque. Hasta el bosque podía llegar sin dificultades por la carretera de circunvalación. Después ya se las arreglaría.

La iglesia era un pequeño edificio de nueva planta, con muros de ladrillo y un tejado normal y corriente coronado por una cruz de cemento. Desde la plaza se oían las notas de un armonio. Arsuaga divisó la espalda de su madre, sentada junto al otro viejo en la primera fila. Tomó asiento justo detrás de ella. El cura, con el rabillo del ojo, lo vio venir, lo vio sentarse, lo vio estirar el cuello para hablar al oído de su madre. A cada lado de los dos ancianos se habían colocado sendos empleados del asilo. No había nadie más en la iglesia excepto una señora que, de espaldas a los congregados, esperaba las señas del sacerdote para pulsar las teclas del armonio.

Madre..., le he traído una tarta. La anciana no se inmutó. Dormía plácidamente con la barbilla caída sobre el pecho. Los cabellos blancos aplastados en la parte de arriba por efecto del agua bautismal. Un hombro que subía y bajaba al compás de la respiración. El olor de su madre. Yo no sé si los lavan como aseguran.

Le parecía imposible que su madre, de no haber tenido menguadas las facultades mentales, hubiera mostrado la menor voluntad de convertirse al catolicismo. Al terminar la guerra fusilaron a mi padre por rojo y ateo, y a ella la pasearon con la cabeza rapada encima de un carro. Esas cosas no se olvidan. Arsuaga se quedó pensando si no sería mejor estrellarle a don Augusto la tarta en el hocico.

La paz sea con vosotros. Y con tu espíritu. Sólo respondieron los empleados del asilo. Arsuaga ayudó a su madre a ponerse de pie. El olor de su madre. Paso a paso la llevó cogida del brazo hasta la furgoneta aparcada delante de la entrada. El otro anciano, más ágil, iba delante flanqueado por los empleados, como si lo llevaran detenido.

Por el trayecto hacia la salida, la anciana clavó un par de veces sus ojos alelados en la cara de Arsuaga sin reconocerlo. Madre..., reparta la tarta con sus compañeros, no se la coma toda. La madre dijo mirando

43

a ninguna parte, con la voz potente de los duros de oído: «Mi novio». Mencionó después una manta y por último volvió a decir aquello de su novio. Fue todo el diálogo que mantuvieron la madre y el hijo.

Arsuaga se colocó a cierta distancia de la furgoneta para no tener que saludar al sacerdote. Este salió de la iglesia con ropa de calle, estuvo unos instantes conversando con la señora que había tocado el armonio y, tras despedirse de ella, enristró derechamente hacia Arsuaga. Haré lo posible por salvar el alma de su madre, se lo prometo. Vamos, padre, no me tome por tonto. Usted sabe que no hay salvación posible.

El sacerdote le dedicó una sonrisa de suficiencia antes de sentarse al volante de la furgoneta. Arsuaga esperó a que el vehículo se hubiera puesto en movimiento para hacer adiós con la mano a su madre. La anciana no correspondió, aunque tenía la cara vuelta hacia la plaza. Quizá se había quedado dormida con los ojos abiertos. Mi novio. ¿Se habrá creído que la acaban de casar?

Apenas faltaba una hora para que comenzara el entierro de Rodríguez Beltrán. Lo mejor sería acercarse al cementerio, buscar una farmacia por los alrededores y, si aún me sobran algunos minutos, comer un tentempié que me haga más soportable el lance. De Rodríguez Beltrán no guardaba un recuerdo especial. Dominado por la mujer y por la hija, hablaba poco. Eso es lo bueno que tenía, porque el hombre era más bien insulso. Se murió durante la siesta y hasta la mañana siguiente sus familiares no se percataron.

A la salida del arrabal, Arsuaga enfiló la carretera del bosque en dirección al cementerio. Iba pensando en Rodríguez Beltrán, que en paz descanse, y en Victoria, y en su matrimonio con ella, pendiente de un último y delgado hilo, y en el picor continuo de sus genitales, de manera que no prestó atención al coche que lo venía siguiendo desde la iglesia, aunque lo había visto, pero bueno, con frecuencia dos o más conductores comparten un trecho largo en la misma ruta, ¿no?

El bosque lucía sus galas otoñales bajo un cielo azul sin rastro de nubes. Los árboles de uno y otro lado juntaban sus ramas formando un dosel sobre la carretera. Al llegar a una recta donde se espesaba la sombra, el coche que venía por detrás comenzó a emitir parpadeos con las luces largas. Para cuando Arsuaga quiso darse cuenta, una camioneta se había interpuesto en su camino. Arsuaga, al principio, creyó que se trataba de un accidente y se dispuso a ayudar. Sin tiempo de apearse del coche vio junto a su cara el destello de una faca. Entonces comprendió que debía obedecer. Rápidamente hizo un cálculo del dinero que llevaba encima.

Se equivocó, sin embargo, en la premonición. No le querían robar, aunque esto lo supo luego. Que los siguiera. Eran lo menos seis, más el que había escondido su coche en un camino de tierra entre los árboles. Pronto perdieron de vista la carretera. ¿Estás seguro de que es este? Segurísimo. Le costó unos instantes reconocer al hombre gordo que barría el suelo de la primera iglesia.

Arsuaga fue atado con una cuerda al tronco de un árbol. Algo que le dijeron en voz baja al hombre gordo provocó en este un ataque de llanto. Le mandaron callar y, como siguiera llorando y armando escándalo con sus gemidos, uno que parecía el cabecilla del grupo le arreó una bofetada y le indicó en qué dirección debía marcharse. Por favor, suplicó el hombre gordo. Vuelve a la iglesia ahora mismo, idiota, le ordenaron. No bien su cuerpo rechoncho se hubo perdido en la espesura, se le oyó pedir a gritos que le reservaran por lo menos una moneda.

Las monedas estaban guardadas en una bolsa de cuero. Arsuaga no alcanzó a verlas en ningún momento. Lo único que pudo declarar en la comisaría es que las oyó tintinear y que después sintió su sabor frío y metálico conforme el que parecía cabecilla de sus captores se las iba pasando una a una, por ambas caras, sobre la lengua. De vez en cuando le hacían beber agua para que su boca produjera saliva. ¿Contó usted las monedas? No pensé en ello, señor comisario, pero eche usted que fueron más de cincuenta.

A la hora en que habrían introducido el ataúd de Rodríguez Beltrán en la fosa, Arsuaga continuaba amarrado al árbol. No era la inmovilidad a que lo sometía la cuerda la causa principal de su sufrimiento, sino el intenso picor entre las piernas. En el momento de abandonarlo, sus captores lo habían conminado a esperar diez minutos antes de pedir ayuda a gritos. Lo desató un paseante que fue, además, quien le advirtió que le salía un hilo de sangre de una oreja. Me debí de rozar con la corteza del árbol, señor comisario.

Los participantes del duelo se estaban despidiendo a las puertas del cementerio cuando Arsuaga corrió a su encuentro. Debido a las prisas se hallaba sudoroso, despeinado, con la corbata torcida y, en fin, con un aspecto sucio y desaliñado. Los parientes, al verlo venir, se dispersaron sin el menor disimulo.

Quedaron solas junto a la verja Victoria y su madre, vestidas de luto riguroso, acentuado por las gafas negras y, en el caso de la vieja, también por un velo anticuado que le tapaba la expresión severa hasta la punta de la nariz. Echaron las dos mujeres a caminar una al lado de la otra. Arsuaga las obligó a detenerse parándose delante de ellas con los brazos abiertos. Empezó a disculparse, a dar explicaciones. No le creas ni una palabra, dijo la vieja. Descuide, madre, yo a este pordiosero no lo conozco. Y con el gesto indiferente y el cuello estirado se llegaron las dos al taxi que las estaba esperando.

Carne rota

SU PADRE dice hijo, cuando entremos, si me ves llorar, no te asustes, tú sigue adelante, son cosas mías, sólo venir aquí me parte el alma, pero te lo llevo prometiendo desde hace tiempo y hoy cumplo, Borja, ya no lo retraso más. De nuevo marzo, mediodía, han dicho que va a llover. Si quieres no entramos, papá, me basta con lo que me has contado y con ver el apeadero por fuera. Bancos rojos, la cubierta sostenida por columnas, el reloj fijado a una de ellas. El apeadero tiene pinta de haber sido renovado. Llega un tren que se dirige a Alcalá. Baja gente, sube gente. Una señora lleva un perro pequeño en brazos. El perro viste una especie de chaleco. Un chaval con auriculares se sube a un vagón cuando ya van a cerrar las puertas. Todo el mundo está vivo, no hay duda, anda, respira y todo eso. El tren arranca. El tren toma velocidad. El tren se pierde de vista por el fondo. Cables del tendido eléctrico, el brillo de los rieles, nubes. Para entonces el padre, me da un no sé qué volver a este lugar, y el hijo se han quedado solos en el andén. Una paloma busca desperdicios comestibles por el suelo meneando la cabeza adelante y atrás como acostumbran las pa-

51

lomas. Ahí fue. Han pasado los años como pasan los trenes. Uno, otro, otro. El niño dirige la mirada hacia donde señala la manga vacía de su padre. ¿Ves la papelera roja? A un costado de la papelera va y viene la paloma. Pues más o menos por ese sitio anduve tirado, aunque yo de la papelera no me acuerdo, no me preguntes cómo salí del tren porque no lo sé, quizá volé por los aires. Yo sentía un calor muy grande en la cara mientras me arrastraba por el suelo. Olía mucho a carne quemada, el calor se me desplazó hasta un hombro y después, imagínate, me fue bajando, yo creía que por el pecho pero tuvo que ser por el brazo, y cuando se me figuró que me había llegado al vientre me dije la has jodido, Ramón, tienes un agujero y de esta no sales. El silencio y la humareda, un silencio de tímpanos reventados, y por último gente que venía a ayudar y gente que huía con sus buenas piernas y sus buenos ojos y todo el cuerpo completo, menuda suerte, aunque algunos sangraran por la nariz. Todavía no eran las ocho de la mañana. Levanté así un poco la cabeza para mirar dónde se me había parado aquel calor que se estaba convirtiendo en un hormigueo cada vez más intenso y no vi ningún agujero, lo que vi es que de medio antebrazo para abajo no había más que unas tiras de tela empapadas de sangre, y me acordé de tu madre en casa y de ti también, que eras tan pequeñito, te había dejado dormido en la cuna y no sabía cómo te podría acariciar en adelante si me faltaba la mano.

LA MANO era lo único que asomaba por el borde de la manta. Una mano bien proporcionada, con las uñas pintadas de rojo y una sortija verde de bisutería. La chica aún se movía cuando la depositaron en el suelo. El rumano no le prestó apenas atención. Bastante tenía con lo suyo. Siguiendo las indicaciones de la policía, había venido por su pie con otros heridos al Centro Deportivo Daoiz y Velarde. Le preguntaron si entendía español. Respondió que sí y entonces le dijeron póngase junto a la pared y no se mueva del sitio, se le atenderá en cuanto sea posible, ¿ha comprendido? Tenía las piernas al aire, despellejadas; había perdido los zapatos y trataba de contener la sangre que le brotaba de la cabeza apretando un paño contra la herida. Entre dos sanitarios depositaron minutos después a la chica como a unos dos metros de donde él se encontraba. El pelo le ocultaba la cara. Al principio la chica se movía. Las piernas. La espalda. Un poco. Un ligero temblor. Cada vez menos. Luego dejó de moverse. Vinieron a atenderla. La voltearon con cuidado. No había nada que hacer. Al rato fue tapada con una manta que sólo dejaba al descubierto una de sus manos. Una mano delgada, bonita, inmóvil para siempre. Los sanitarios se dirigieron al siguiente cuerpo tendido. Al rumano, recostado contra la pared, se le cerraban los párpados. Los abría con esfuerzo. Se le cerraban. Los... Se le... L... S... De repente lo sobresaltó la musiquilla de un móvil. El rumano miró en rededor hasta ubicar la melodía alegre a dos metros de él, debajo de la manta. Vaciló un momento. La melodía de notas agudas y saltarinas no cesaba. No venía de su teléfono. Él ya había dado cuenta a sus familiares de lo ocurrido. La musiquilla persistía con una insistencia de súplica en medio de aquel desbarajuste de sanitarios y cuerpos malheridos. Se acercó a la manta, alzó un borde, allí estaba el teléfono móvil, medio a la vista en un bolsillo del abrigo chamuscado. Al otro lado de la línea una voz de mujer entrada en años articulaba palabras en un idioma desconocido para el rumano. Quizá polaco o ruso. Se dio cuenta de que no lograba hacerse entender. Y la voz se alarmaba repitiendo lo que parecía un nombre, el nombre de la depositada en el suelo. Bombas en tren. Señora, bombas. Bum, ¿comprende? El rumano pulsó la tecla de desconexión, volvió al sitio que los sanitarios le habían asignado junto a la pared. Segundos después sonó otra vez el móvil de la chica bajo la manta. El rumano no se movió. Bastante tenía con lo suyo. La musiquilla alegre siguió sonando largo rato debajo de la manta.

LA MANTA, ¿cómo no lo había pensado? Debió haber cogido la manta que llevaba en el maletero. Pero es que tampoco le habían dado tiempo, joder, pues sí que empezamos bien la jornada. Lo paró un policía nacional en la avenida de Entrevías. Había un lío de la de Dios. Una escena como de cuando hay guerra. En la radio todavía no habían dicho nada. No oyó los estruendos, pero vio el humo y también vio personas chorreadas de sangre, con perdón, que subían al autobús de la línea 24. Serían como las ocho menos diez o menos cinco. Nunca lo olvidaré. Y eso que no quiso mirar, pero a los heridos agrupados en la marquesina de la parada del autobús, a esos, mi madre, a esos sí que los vio. Chaval, aguanta un poco, no te me mueras, joder, aquí no, aguanta que ya llegamos. Le habían abierto la puerta del taxi y se lo metieron, dese prisa, y le cerraron la puerta y lo dejaron solo con el pobre chaval, dieciocho, veinte años, acostado en el asiento trasero, y el policía le dijo llévelo usted al hospital. Puso rumbo al 12 de Octubre. En dirección contraria venían las primeras ambulancias. A falta de un pañuelo moquero, porque a su mujer no le gustaban, decía y dice que no son higiénicos, que mejor clínex de usar y tirar, así no llevas las plastas en el bolsillo, marrano, que los hombres sois unos marranos, colgó por la parte de afuera de la ventanilla un trapo de limpiar el polvo, y venga a pegar bocinazos para que le dejaran paso, y ni semáforos ni hostias y los municipales que ya debían de estar al tanto de la matanza le hacían señas como para que corriera más. Por el espejo retrovisor no alcanzaba a ver al herido. El pobre ni hablaba ni se quejaba. Tranquilo, que llegamos en un periquete, hay buenos médicos en el 12 de Octubre, mi mujer dio a luz ahí a una niña, todo perfecto, limpio, bien organizado, conque tranquilo. Era mentira, su mujer había dado a luz en el hospital de Fuenlabrada, pero qué importa, yo sólo pretendía dar ánimos al pobre chaval. Empezaba a oler a quemado dentro del taxi. El jefe, cuando se entere... Te agradecería, eso sí, que no vomitaras, pero si no hay más remedio mejor en el suelo que en el asiento, ¿eh? No paraba de hablar. A veces llevaba clientes raros. Tipos hoscos que no decían ni mu durante el viaje. Sobre todo en el turno de noche pasaba sus ratos de canguelo y la mujer le decía ya puedes tener cuidado y si te roban tú les das todo, no se te ocurra oponer resistencia. Ahora era distinto. Ni un quejido. Un moribundo. Si no es que me lo han cargado muerto. Cuando por fin apareció al fondo el edificio rojo del hospital me callé. Hasta entonces no paró de hablar. El personal sanitario se hizo cargo del herido, del agonizante, del muerto que olía a carne quemada, yo no quería saber. Le pidieron que hiciera sitio sin demora a otros vehículos. Se oían sirenas cada vez más cerca. En cuanto pudo paró. Primero sacó a su mujer de la cama, pon la tele, ¿qué hago? No seas cobarde, llámalo, seguro que entenderá. Marcó el número. Se lo juro, no me ha dado tiempo de extender la manta. Hay un corro enorme de sangre en el asiento. ¿Cómo de enorme, Vélez? Pues como para no dejar subir a nadie, jefe, imposible. Cálmese, Vélez. Mi mujer dice que lleve el coche a casa, que ella intentará quitar la mancha con algún producto. Cálmese le digo. Oiga y, si no, pago yo de mi bolsillo el lavado aunque no tengo la culpa. No me empeore el problema, Vélez, traiga mejor el taxi para aquí, hoy va a ser un día difícil para toda la ciudad.

LA CIUDAD, vista desde el interior del coche, el sábado por la mañana, parecía haber recobrado su aspecto de costumbre. Ni rastro del horrible acontecimiento. Recorríamos, me acuerdo, la avenida de Andalucía, papá al volante, camino del Tanatorio Sur. A nuestro lado, delante de un semáforo en rojo, se detuvo una furgoneta conducida por dos chicos. Aunque no llevábamos las ventanillas bajadas, podíamos oír su música. Mamá dijo hoy día mucha gente tiene problemas de oído antes de cumplir los treinta años. Yo pensé que nos habíamos quedado solos con nuestra desgracia, que después de la cascada de noticias en la tele, los periódicos y todo eso, la gente había vuelto a su risa y a sus asuntos privados. Supongo que es ley de vida. Yo misma, dentro de un tiempo, olvidaré a mi hermano, no del todo, al principio no me lo sacaré de la memoria, luego se irá borrando como ya había empezado a borrarse en las conversaciones y el recuerdo de los madrileños la conmoción de las primeras horas. El abuelo se empeñó en acompañarnos. En el pasillo, bien alto para que todos lo oyéramos desde nuestras respectivas habitaciones, repitió lo que venía diciendo a cada rato desde el jueves: No voy a olvidar, no voy a perdonar y no voy a llorar. Ni una lágrima les pienso regalar a esos canallas, me da igual si son de la ETA, de Al Qaeda o de la madre que los parió. Estábamos todos demasiado metidos en nuestra tristeza para contestarle. Papá, en un momento determinado, le dio una palmadita en el hombro como para demostrarle que lo comprendía y quizá insinuarle que fuera ya poniendo fin a la cantilena. A las diez de la mañana la entrada del tanatorio estaba abarrotada de visitantes. Aparcamos conforme a las órdenes de los municipales. Luego buscamos en un monitor del vestíbulo el nombre de mi hermano, allá estaba, mamá fue la primera en verlo, y la sala donde lo habían colocado. Papá se puso en una fila de gente vestida de luto ante el mostrador de la recepción para preguntar por dónde se iba a la sala aquella. Había siete u ocho personas atendiendo y enseguida le dieron las indicaciones convenientes y vino y nos susurró es por ahí. Se veía mucho ajetreo en los pasillos. Ojos irritados, personas que se abrazaban, runrún de conversaciones. Un cartel anunciaba que en el sótano había un servicio de comida gratuito para familiares y afectados. No dábamos con la sala de mi hermano. Papá preguntó a una pareja de voluntarios de la Cruz Roja. Muy amables, nos condujeron hasta allí. Y entretanto el abuelo repetía en su tono habitual de refunfuño que él no iba a llorar. Ni una lágrima. Se lo dijo asimismo al chico y la chica de la Cruz Roja: Yo no lloro. Le respondieron que en la planta superior un equipo de psicólogos prestaba ayuda. Yo no lloro, yo tengo mi orgullo, les dijo. Delante de una puerta vimos una bandera del Ecuador; más adelante, otra de Chile. Por los rasgos de la cara reconocimos a numerosas personas de países sudamericanos. También por la manera delicada y musical que tienen de pronunciar las palabras. Un cura vino a estrecharnos la mano. El abuelo ya iba a soltar su frase, pero mamá lo agarró del brazo para que se refrenara y le susurró por favor. Nos ofrecieron la posibilidad de acompañarnos al cementerio. No quisimos. Tampoco bajamos al sótano. No estábamos con ánimo de llenar el estómago, aunque, para decir la verdad, a mí me apretaban un poco la sed y el hambre. De nuevo en el coche, no bien salimos del aparcamiento, oí a mi lado un ruido extraño, un balbuceo, la letra u alargada, uuuu, que primero pensé si sería que uno de nosotros imitaba el viento de las películas de miedo, y volviendo la mirada vi al abuelo congestionado y con toda la cara contraída. De pronto rompió a llorar de un modo aparatoso, gritando con la voz quebrada asesinos, asesinos, y diciendo palabrotas y también que ya no creía en Dios. Nos contagió a todos los sollozos, y eso que, en comparación con el primer día, estábamos más serenos y resignados. La cosa llegó a tal extremo que papá tuvo que parar el coche porque se conoce que las lágrimas no le dejaban ver la carretera. Estuvimos sin poder hablar lo menos cinco minutos.

CINCO MINUTOS antes de la llegada del tren 21431 a la estación de Atocha coinciden en el andén, junto a la vía 2, una chica vestida con una parka negra y otra chica con un chaquetón de paño verde. Pasa un poco de las siete y media de la mañana. Jueves. Las dos se dirigen al trabajo. La de verde se repinta los labios mirándose en un espejito que ha sacado del bolso. La de negro apura con los ojos las últimas páginas de una novela de Arturo Pérez-Reverte. La que lee vive en Getafe; la que usa el pintalabios, en Parla. La de Getafe tiene rasgos andinos; la de Parla, mediterráneos. Forman parte de la riada de estudiantes y trabajadores que cambia de tren de cercanías a primera hora de la mañana en la estación de Atocha. Están habituadas a verse, pero no se saludan. Todos los días laborables toman el tren que viene de Alcalá de Henares con destino a Alcobendas. Más tarde, al llegar a la parada de Nuevos Ministerios, una se dirige al metro, la otra sale a la calle y entonces se pierden de vista hasta la siguiente vez a menos que hayan viajado hasta allí en vagones distintos, en cuyo caso se han perdido de vista antes, en Atocha, si es que han llegado a verse en algún momento, lo que no siempre sucede. El día es el undécimo de marzo. Es fresco y gris, tirando a frío. Un día normal, todavía. Dos chavales descienden a toda velocidad por las escaleras mecánicas como si los espoleara el temor a perder el tren que aún no ha llegado. Quizá estén echando de broma una carrera. Un ratón urbano corretea por el balasto renegrido. El tren procedente de Alcalá efectúa su entrada en la estación, oculta al atareado ratoncillo, se detiene en la vía de costumbre y abre sus puertas. Baja gente, sube gente. La chica de Getafe lleva metido un dedo dentro de la novela de Pérez-Reverte para no perder la página que estaba leyendo. La de Parla sube a continuación y se coloca a su lado. No se hablan. Se han mirado una vez y ya no se miran más. De pronto, mientras esperan el ti-ti-ti que anuncia el cierre de las puertas, las sobresalta un estruendo descomunal, acompañado de una fuerte sacudida del vagón. Se va la luz. La chica de verde sale del tren. A su derecha, casi al final de la hilera de vagones, ve alzarse unas violentas volutas de humo. La voz de un viajero pregunta detrás de ella si se ha producido una colisión. Segundos después sale al andén la chica de negro. Se oyen unos gritos apagados. Unas siluetas presurosas se agachan junto a unos cuerpos despedazados, esparcidos por el suelo. La chica de negro dice Virgen Santísima al tiempo que saca del bolsillo un teléfono móvil. La de verde no dice nada. Lo que hace es correr hacia las escaleras mecánicas, por donde en aquellos momentos otras personas suben sin darse prisa. Cuando la chica está a punto de alcanzar la plataforma superior vuelve la mirada hacia el andén. Sigue saliendo humo de uno de los vagones de cola. Le parece distinguir allá lejos a una persona que se arrastra por el suelo. A todo esto, descubre por casualidad a la chica de negro, que se acerca a las escaleras mecánicas con su libro en la mano. Avanza despacio entre la gente. La una arriba, la otra abajo, sus miradas se encuentran apenas un segundo antes que a espaldas de la chica de negro una explosión grandísima lance una llamarada contra el andén y un torbellino de humo denso y esquirlas envuelva a un número considerable de personas. A la chica de verde le da tiempo de comprobar que la de negro está a punto de ganar la base de las escaleras mecánicas. No bien se da la vuelta, para seguir su camino hacia la salida de la estación, suena otro estruendo, esta vez muy cercano. Aturdida, cae al suelo. Un chico que viene detrás cae sobre ella y después una nube de humo y polvo cae sobre los dos. Tosiendo, con los ojos irritados, gana la calle, donde anda como perdida. Sube por el paseo del Prado sin atreverse a volver la mirada y para un taxi. En la oficina todos están al tanto de lo ocurrido. Sus compañeros la ven apática. Piden al jefe que la deje marchar a casa. El jefe accede. Pero ella dice que no se va, que le da miedo, que aún le queda tarea. Un compañero la lleva a última hora de la mañana en su coche a Parla. Yendo y viniendo los días, una tarde encuentra en Internet las fotos de las víctimas. Busca en las filas de rostros el de la chica de rasgos andinos que solía coincidir con ella por las mañanas en el tren. Siente curiosidad por saber cómo se llamaba. Pero, por más que repasa las casi doscientas fotos, no la encuentra. Ve numerosas caras femeninas. Caras de mujeres de cierta edad, de mujeres jóvenes, de adolescentes. Pero la foto de la mujer que ella busca no está. Eso la alivia. Entra su novio. Le pregunta qué haces. Ella responde yo podría haber estado entre toda esta pobre gente. Su cara trasluce tristeza. ¿Por qué dices eso? Pude ayudar, sin embargo me fui. El novio la consuela. Durante dos semanas ella elige una ruta distinta para ir al trabajo. La ruta es incómoda, pero la dispensa de enfrentarse al escenario de sus pesadillas. Hasta que a finales de marzo, qué remedio, vuelve a sus viajes matinales de costumbre, con transbordo en la estación de Atocha. Un día, ya entrado el verano, poco después de las siete y media de la mañana, mientras espera al tren de Alcalá está absorta contemplando un ratoncillo que corretea entre los rieles. De pronto revira la cabeza sin motivo y la vuelve a ver, vestida con indumentaria ligera, pues hace calor. Ya más cerca, distingue una cicatriz que se alarga desde el arranque de la oreja hasta el cuello, formando un llamativo y rosado meandro a lo largo de la mejilla. La chica de Getafe viene derechamente hacia ella. Se detiene como a medio metro. Se miran unos instantes, las dos con gesto grave. De pronto, sin despegar los labios, se funden en un fuerte abrazo en medio del andén. Abrazo que desde entonces repiten todas las mañanas.

TODAS LAS MAÑANAS, cuando despierta, Lorenzo lleva a cabo un pequeño ritual. Desde la cama contempla el cuadrado de cielo visible tras los vidrios de la ventana y dice hay un nuevo día para mí, voy a vivirlo. Bisbisea ambas frases al modo de las oraciones de su infancia. Lo hace sin falta, de lunes a domingo, desde hace cuatro meses. Empezó días después de la mañana en que unos hombres intentaron matarlo y otros lo salvaron. Gracias a estos últimos se siente reconciliado con la vida; también, en parte, con los hombres. Entre ellos hay uno del que se ha estado acordando a todas horas. En las semanas posteriores a su salida del hospital trató de localizarlo para saber quién es, para darle las gracias, para abrazarlo y ver la manera de recompensar el inmenso favor que le hizo. Ayer, por fin, se citaron en una modesta cervecería de la avenida de la Albufera después que el otro le procurara la enorme alegría de llamarlo por teléfono. Lorenzo había pagado de su bolsillo varios anuncios de búsqueda en los periódicos. En ellos explicó brevemente su caso. Tenía la obsesión de encontrar al hombre, pero durante semanas su propósito no se cumplió. Acudió a un programa de Telemadrid y tampoco. Finalmente fue invitado a una tertulia radiofónica, donde relató una vez más su experiencia como víctima del atentado, comunicó su número de teléfono, pronunciando las cifras con lentitud para mejor hacerse entender, y su constancia (o cabezonería, según su madre) dio fruto. El caso de Lorenzo se parece al de otros muchos. Dentro de lo que cabe, hijo mío, tuviste suerte. A Lorenzo no le gusta la palabra suerte, aunque considera que su madre tiene algo de razón y por eso no la contradice. Él iba en el tren que han dado en llamar el de la calle Téllez. Le desagrada esta denominación. Los trenes no van por la calle. Su

madre le deja decir o le dice ay, hijo, antes protesta-
bas menos. No protesto, y a continuación reitera su
intención de no mirar atrás, de aceptar la vida como
es y gozarla si se deja. Eso está mejor, Lorenzo, a ver
si no lo olvidas dentro de cinco minutos. Estaba entre
los escombros del vagón, consciente de que se desan-
graba, incapaz de levantarse. Entonces apareció aquel
hombre a través del humo, con la ropa desgarrada. Le
habló en un español precario. Casi no lo pudo entender. Otros huían, él se quedó, y arrancándose la camisa del cuerpo se la anudó a Lorenzo en torno al
muslo, un poco por encima de la rodilla. Lorenzo ya
no supo más hasta que recobró el sentido al día siguiente en una cama del hospital Gregorio Marañón.
Un médico le dijo sin el torniquete habríamos tenido
que amputarle la pierna y otro le dijo quienquiera que
le hizo aquella cura de urgencia le ha salvado a usted
la vida. Volvió sonriente de la cervecería de la avenida
de la Albufera. No era él, le dijo a su madre. ¿Cómo
que no era? Este es un chico de Polonia que habla pa-
sablemente español, también iba en el tren y ayudó
a varios pasajeros heridos. Una persona de su vecin-
dad le dijo que yo lo estaba buscando, le proporcionó nuestro número de teléfono para que me llamase
y nos hemos encontrado, pero no es el que me ayudó, el que me ayudó tenía algunos años más. ¿Y qué
has hecho? Pues qué iba a hacer, darle un abrazo con
el que casi le rompo las costillas. ¿Y los bombones?
Espero que le gusten. ¿Y os habéis despedido y eso
es todo? Se llama Ludoslaw, me lo ha tenido que es-

65

cribir en una servilleta de papel, lleva ocho meses en España, no se acuerda de a cuántos ayudó antes que llegaran los bomberos y mañana mismo voy a darle un toque telefónico a Ruano. Quiero que le ayude a tramitar la visa de dos hijos suyos que aún viven en Polonia. ¿Le has contado la verdad? ¿Qué verdad? Qué verdad va a ser, que no fue él quien te ayudó. Me ha parecido preferible ganar un amigo. Además, ¿quién te dice a ti que el equivocado no sea yo?

YO no le veo solución a este hombre. Ya no es el mismo de antes y no va a cambiar. Vino el cura a convencerlo de que Dios existe. Negaba con la cabeza, sin soltar la escopeta, ahí mismo, en la cocina. Por supuesto que existe, incluso en estos momentos está dentro de ti. Pues que salga, que le voy a meter la perdigonada que se merece. Virgen santa, ¿cómo se le puede hablar en ese tono a un sacerdote? Y después se fue a pegar tiros al corral, que es lo que hace todas las tardes desde que volvimos de Madrid. Los vecinos se compadecen de él. El primer día llamaron a la Guardia Civil, pero ahora ya para qué. No va a levantar cabeza. Lo corroe una rabia muy grande, muy grande. Pero yo sé, porque duermo con él, que por las noches, debajo de las sábanas, llora. Da como un saltito en la oscuridad. Entonces ya sé que está llorando y no le digo nada. De aquel jueves 11 no hablamos.

Un día vino mi cuñada y estuvimos los tres en casa sin despegar los labios. Ella sabe el favor que nos debe. Porque fuimos mi marido y yo al pabellón 6 de IFEMA a reconocer lo que quedaba de mi sobrino dentro de un saco de plástico. Su hermano le dijo tú no vas. Es mi hijo. Sí, pero no vas. De camino a Madrid nos temíamos algo malo, pero no lo peor, eso no. Que el chico estaba herido, seguro, porque subía todas las mañanas en Guadalajara a uno de los trenes que luego explotó. Mi cuñada no paraba de llamarlo al móvil y él no cogía. Primero muchas veces seguidas, luego cada media hora. Del chico ni rastro. Conque viajamos los tres a Madrid en nuestro coche y nos pasamos el día yendo de un hospital a otro. En ninguno podían darnos razón. Nos mandaban aquí, nos mandaban allá. Sobre las ocho de la tarde supimos que habían estado llevando cadáveres a IFEMA para su identificación. A mi cuñada, que tenía los nervios destrozados, le dijimos tú no vienes, si Dios se lo ha llevado te avisamos pero es mejor que no lo veas porque va a ser duro. Y cuando digo duro, le dijo mi marido, sé de lo que hablo, vuelve a tu casa, joder, no me hagas repetir las cosas. Fuimos él y yo, que para algo soy como su sombra. Esperamos más de dos horas. A mí me temblaban las manos. Nos dejaron pasar antes que a otros porque veníamos de fuera. Estuvimos a solas con unos psicólogos. Claro, no podíamos entrar así como así donde los muertos, yo eso lo entiendo, había que prepararnos. Los pobres psicólogos. Cada vez que me acuerdo... Había uno bastante joven con los ojos colorados. Llore usted, no se reprima, le dije, total no vamos a cambiar nada por una lágrima de más o de menos. Mi marido no paraba de preguntar si en alguna lista de víctimas figuraban el nombre y los apellidos del muchacho. Muy nervioso, ay qué nervioso, aunque sin dar los gritos que les oímos a otras personas a nuestra llegada. Nos explicaron lo que íbamos a ver, que no iba a ser agradable y todo eso, y para colmo de desgracias mi sobrino no estaba identificado, yo no sé, perdería el carné cuando la explosión, así que no hubo más remedio que mirar unas cuantas fotografías, qué horror, si lo reconocen díganos, carne rota, carne rota, más carne rota y más, yo rezando entre mí y con ganas de pedir una copia de todas las fotografías para mandárselas a las madres de los que habían hecho aquello. Por fin, este podría ser dije yo, ¿está usted segura?, mi sobrino tenía un aro igual en la oreja, pues es verdad, coño, mi marido se había estado riendo de él hacía cosa de un mes, ¿te has vuelto mariquita o qué?, pero lo quería mucho, era más que un sobrino, era el hijo que Dios no nos ha dado. Qué mala suerte, porque si lo llegan a identificar por el carné a lo mejor nos habríamos ahorrado mirar dentro del saco. Aún tuvimos que esperar un buen rato. Se conoce que unos afectados no debían cruzarse con otros. Para no agravar la aflicción o algo así. Y allá estaba empaquetado como un montón de miseria, con una cartulina donde ponía CT y un número, y al lado una bolsa con unas pocas pertenencias, y sí, era él, por lo menos la cabeza era la suya, el resto vaya usted a saber. Salimos en silencio, otros sollozaban, no-sotros no. Nosotros nos volvimos al pueblo y desde entonces mi marido no es el mismo. A veces se está un rato largo sin pestañear, mirando fijamente a nin-guna parte, que a mí hasta me da miedo. Todas las tar-des sale al corral con la escopeta, tiro va, tiro viene. Ayer vi la escopeta apoyada contra la pared del pasi-llo, la agarré y, no sé con qué pensamiento, quizá para imaginarme lo que él siente, me abrí paso entre las ga-llinas y disparé un cartucho contra la tapia. En la co-cina me preguntó que a cuántos me había cargado. Me lo quedé mirando y comprendí. A dos le dije, sólo por seguirle la corriente. Más tres que he matado yo antes, cinco, no está nada mal por hoy.

HOY ha llegado a la estación con más cansancio que otras veces. Anoche permaneció levantado hasta tarde mirando la televisión. Le picaba la curiosidad por conocer al ganador de *La selva de los famosos,* pro-grama que abomina, pero pasa lo que pasa, que si no lo mirara se quedaría marginado de las conversaciones con los compañeros de trabajo. Ganó el torero, hay que joderse, en lugar del jugador de waterpolo al que él favorecía. Después estuvo escuchando los comen-tarios sobre el partido del Madrid contra el Bayern de Múnich. No jugaron bien, se notó la ausencia de Ro-berto Carlos, marcó Zidane el gol de la victoria, los párpados se le cerraban y se metió en la cama por última vez en su vida. Él esto cómo lo iba a saber. En la estación de Alcalá, a la hora habitual, ha comprado un ejemplar del *Marca*. Consulta el reloj. Hay tiempo para el primer cigarrillo de la jornada. Más le vale saborearlo porque no habrá un siguiente. Lo saluda un conocido. ¿Qué, no decías que ibas a dejar el tabaco? Este es el último, responde socarrón, sin sospechar que está en lo cierto. Y va leyendo el periódico deportivo en el vagón tercero del tren 21435. Otros días monta en el primero, o en el quinto, en el piso de arriba o en el de abajo, le da igual, pero hoy ha hecho la peor elección de su vida. En algunos tramos los rieles no deben de andar derechos y se produce un suave bamboleo de cabezas. Hay caras que le suenan, mucho latinoamericano, mucho estudiante. Dobla el *Marca* con intención de leerlo a la vuelta, ya le gustaría, no sabe lo que le espera, ¿dónde?, enseguida lo va a saber. Deposita el periódico sobre sus muslos mientras se repanchiga con idea de echar un sueñecillo. Una mirada fugaz hacia la ventanilla, antes de cerrar los párpados, le transmite la impresión de que el tren está quieto, que es el paisaje el que se desliza a toda velocidad. Topa de pronto con la sonrisa de la chica que va a su lado. ¿Me lo prestas? Señala con el dedo hacia su centro varonil. Simpático error. Se refiere al periódico. Claro, por supuesto. Se retrepa decidido a complacerla con la prontitud del varón sumiso a la belleza femenina, incluso se esfuerza por imitar su sonrisa, aunque ni tiene los dientes tan blancos ni sus labios son tan bonitos. Poco antes de Vicálvaro, un chico de rizos negros, que venía sentado dos asientos más allá, se levanta y se coloca delante de la puerta. El tren se detiene con los consiguientes chirridos o quizá no, qué más da. Baja gente, sube gente. Son más los que suben que los que bajan. Lo mismo ocurre al cabo de un rato en el apeadero de Santa Eugenia. Si supieran lo que va a ocurrir dentro de unos cuantos minutos, a las 7:38, en El Pozo, bajarían todos corriendo. Pero ya es tarde, ya se han cerrado las puertas, ya el paisaje se ha puesto de nuevo en movimiento y los pasajeros llevan el típico meneo de cabeza que a esas horas del amanecer no hace sino estimular la soñera colectiva. Los que acaban de bajar en Vicálvaro o en Santa Eugenia se acostarán por la noche en sus camas calientes y mañana, que será lluvioso, podrán salir a la calle a quejarse del mal tiempo. Pocos de cuantos continúan en el vagón tercero del tren 21435 verán las nubes. A propósito de Vicálvaro, la chica que le ha pedido prestado el *Marca* de pronto dice huy, ese joven se ha olvidado la mochila, la señala debajo del asiento que ahora ocupa una señora, ah pues es verdad. Con su mano de mujer de veintipocos años da unos golpecitos delicados contra el vidrio para llamar la atención del chico de rizos negros que está abajo, en el andén, que se vuelve con un movimiento rápido de cuello similar al de los gatos, como si se hubiera apercibido de la llamada, sus ojos negros y penetrantes, sus cejas como absortas o preocupadas, quién sabe lo que estará pensando. Enseguida aparta la mirada hacia otro lado, al tiempo que se dirige a la salida del apeadero siguiendo de cerca a otro chico que le ha hecho una especie de seña imperiosa con la cabeza. El pobre se ha ido sin la mochila, menuda faena, dice ella. Hay que ser despistado, añade él, para no echar en falta un bulto semejante. Bueno, ella justifica al desconocido, a estas horas todos viajamos adormilados, cuando venga el revisor se lo decimos, ya se la devolverán. Eso, responde él, si no la roba antes algún espabilado, ¡pues no está el mundo poco lleno de mala gente!

GENTE caída en las vías. Gente que salió de un tren parado cerca del nuestro y vino a toda prisa a ayudarnos. Gente domiciliada en los alrededores, con botellas de agua, paños (o toallas, yo no sé) y utensilios de botiquín. Gente que tiraba mantas desde las ventanas. Gente que llamaba con sus móviles a la policía, a las asociaciones de Protección Civil, al parque de bomberos. Es la primera imagen que me viene de los minutos posteriores a la explosión. La gente que entreví cuando, con mucho esfuerzo, logré levantar un poco la cabeza. Gente infortunada como yo, e incluso más que yo, que a fin de cuentas he vivido para contarlo, y aquella otra que, animada por la compasión, la solidaridad, la buena fe, acudió en nuestro socorro. La explosión me había arrojado por los aires.

Caí junto a las vías. No me podía levantar. Cuando empecé a ser consciente de lo que había pasado no sentía nada, de verdad, ningún dolor. Llegué a pensar has muerto, no te hagas ilusiones, todo esto lo estás observando desde el más allá. Ni por un instante dudé que habíamos sido víctimas de un atentado. Me toqué la cara, también los dientes, y agarré una piedra para comprobar que seguía perteneciendo a la realidad. Me acuerdo que dije en pensamiento madre, no te preocupes, estoy vivo. Había perdido un zapato y un calcetín. Del pantalón apenas me quedaban unos jirones. Tenía las piernas al aire, cuajadas de heridas, como si me las hubieran ametrallado, y una brecha en la rodilla por la que asomaba la punta del hueso. Sangraba copiosamente por la cabeza. Del tobillo roto no me enteré hasta que me lo dijeron en el polideportivo Daoiz y Velarde, donde recibí los primeros auxilios antes de ser metido en una ambulancia del SAMUR. Y luego toda aquella pobre gente esparcida por el suelo. Y el llanto. Y las llamadas cada vez más débiles de socorro. Y los que no se movían. Muertos. Quizá. Seguro. A mi lado yacía aquella mujer. Me susurraba con voz lastimera ayúdeme, ayúdeme, que fue cuando me di cuenta de que no me podía levantar. Apoyándome en un codo, logré arrastrarme cosa de medio metro hacia ella. Lo suficiente para cogerle la mano. Una mano tibia, menuda. De pronto vi gente que se alejaba corriendo y menos mal porque enseguida rompió el aire otra detonación. Yo no podía moverme. Tenía la impresión de que de la cintura para abajo me había fundido con la tierra. Ya no podía ver a la mujer. Ayúdeme. La sangre me tapaba los ojos. Durante un rato estuve oyendo sus gemidos, sus súplicas, y sintiendo su mano entre mis dedos. De vez en cuando se la apretaba un poco. Ella hacía lo mismo con la mía. Una forma de comunicación, aunque no nos dijéramos nada salvo quizá confirmarnos el uno al otro que continuábamos allí, que no habíamos perecido. Le hablé penosamente, pues la sequedad se había apoderado de mi boca y me ponía una sensación de arena caliente en la garganta. No contestó. Apreté su mano. No reaccionó. Volví a apretarla. La noté sin vigor. Cada vez me costaba más mantener la postura. Me entró de repente un dolor en el pecho que me hacía sobremanera dificultosa la respiración. Creo que estaba tragando mi propia sangre. Separé los dedos. La mano de la mujer resbaló blandamente. Quise retenerla. No pude.

NO PUDE bajar, lo siento, me acordé del accidente, ya casi abrí la puerta de casa pero de verdad que no pude. El primer estruendo lo despertó. La onda expansiva rompió los vidrios de las ventanas de su habitación. Ten cuidado al levantarte le dijo Salomé, no andes descalzo. ¿Qué ha sido eso? Sonó otro estruendo en la calle y la casa tembló, y luego otro y volvió a temblar. Me parece que está ocurriendo una tragedia ahí abajo, dijo ella, que ya se había vestido para ir a la redacción del periódico donde trabaja, pero no me atrevo a mirar sola, ¿vienes, por favor? Se asomaron a la ventana de la cocina, él en zapatillas y pijama, y ella, periodista al fin, con la cámara. Sacó varias fotos del tren parado en la vía más cercana a la calle. A él los vagones reventados le reavivaron en la memoria imágenes de su accidente de tráfico del pasado mes de enero, los hierros retorcidos, la sensación de impotencia, la sangre y todo eso, para qué darle más vueltas. Claro que aquello fue un accidente y aquí no hay duda de que ha habido intención. Salía gente del tren, algunos por las ventanillas. Deambulaban, sangre y gritos, entre cuerpos caídos, no pocos de ellos inmóviles, y había no obstante quien se paraba y acuclillándose sostenía la cabeza de alguna persona malherida. Otros corrían o caminaban sin dirección, tambaleantes, asustados, aturdidos. Salomé se aferró a su brazo y él dijo por decir algo, por no estar callado, porque el sonido de las sirenas lo estaba poniendo por demás nervioso, hay que barrer los cristales del suelo. Distinguió a un señor con la cara ensangrentada, tendido en la franja de tierra que separaba la zona de vías de las casas. Reculó un paso como si lo empujara violentamente hacia atrás el recuerdo de su padre tumbado en aquella carretera helada de la provincia de Segovia. En otras ventanas del edificio, en la del piso de arriba, en las de los pisos inferiores, se oían las voces de los vecinos que ofrecían ayuda e intercambiaban frases cortas y rápidas con los supervivientes. El primero en salir fue el chico del bajo derecha, que atravesó la valla de separación por un agujero. Corría con una pila de sábanas en los brazos. Tras él aparecieron los del segundo con botellas de agua y una caja de primeros auxilios. Llamaron entretanto al timbre. Desde la cocina oyó a Salomé hablar con alguien que parecía muy alterado. Oía la conversación desde la cocina, pero ya apartado de la ventana, sobre un fondo de voces confusas y pisadas presurosas en las escaleras del edificio. Vístete, tenemos que socorrer a esa pobre gente. Acordaron bajar mantas con que abrigar a los heridos, y el botiquín, y no olvides el móvil porque habrá quien no lo tenga o lo haya perdido, y coge lo que creas que puede ser útil, cariño, me voy, te espero abajo, date prisa. No pudo. Se vistió rápidamente, eso sí. Pero no pudo. Soy un cobarde. Y se metió en el cuarto de baño. ¿Qué dirá Salomé? ¿Con qué clase de hombre me he juntado? ¿Es que no tienes corazón? No bien descubrió su cara por casualidad en el espejo rompió a llorar. Lo acometió un violento temblor, mezclado con una aguda sensación de ansiedad que lo fue abrumando más y más y le cortaba la respiración. Lleno de angustia, el pecho atravesado de palpitaciones, se paró a un paso de la puerta. Llegó a poner la mano en el picaporte, pero no fue capaz de accionarlo. Lo apretó durante largo rato. Resonaban por toda la casa las sirenas de los bomberos y las ambulancias. Se quedó mirando absorto, como si nunca hubiese reparado en ella, su mano de dorso velludo que ya empezaba a transmitir calor al picaporte. De pronto volvió a ver las placas de hielo sobre el asfalto, la curva que tomó demasiado deprisa, ya se lo dijo su padre, cuidado Guzmán, fue lo último que dijo. Él habría querido borrar el recuerdo, expulsarlo de sus pensamientos como quien vomita una sustancia dañina, pero no pudo, sencillamente no pudo, y de nuevo la escena que lo llevaba torturando desde hacía dos meses se repitió completa en su cabeza: el camión, los cristales rotos, la insoportable certeza de que el hombre tapado con una manta en el borde de la carretera era su padre.

El vigilante del fiordo

Los cuatro enfermeros psiquiátricos, dos hombres de complexión robusta y dos mujeres ni demasiado jóvenes ni demasiado entradas en años –el resto de señas personales carece de importancia–, visten de blanco. Abelardo –nombre ficticio para salvaguardar la verdadera identidad del paciente– viste el pijama azul claro que prescriben las ordenanzas del hospital. En algún momento se le ven las plantas de los pies ligeramente sucias de andar descalzo. La habitación carece de ventanas. No se sabe qué hora es. A media altura, sobre los barrotes de la cama, en la pared sin adornos, hay una lámpara alargada que da una luz turbia.

ENFERMERA 1: Tenemos que atarte, Abelardo, pero tú tranquilo. Es por tu bien.

ABELARDO: Yo no quería morder a la doctora. Os lo juro. Ha debido de ser sin querer. ¿Alguno me podría explicar por qué he mordido la mano de la doctora Hernández?

ENFERMERO 1: Túmbate, no causes problemas.

ABELARDO: A lo mejor he entendido mal el gesto de la doctora.

ENFERMERO 1: Te hemos dicho que te tumbes.

ABELARDO: Lo malo de este hospital es que nadie escucha. A ver, he hecho una pregunta. ¿Nadie responde? Me miráis como unos pasmarotes. ¿Qué pasa?, ¿que empleo palabras difíciles?

ENFERMERA 1: Primero túmbate, luego te responderemos.

ENFERMERO 1: O te tumbas o te tumbamos. No tienes otra elección.

ABELARDO: Cuando yo era funcionario de prisiones tratábamos a los reclusos mejor que vosotros a los enfermos. Hablábamos con ellos como hablan las personas normales. Aquí andáis siempre amenazando.

ENFERMERA 2: Te equivocas, Abelardo. Sólo queremos ayudarte.

ABELARDO *(señala con una sacudida violenta de barbilla al enfermero 1):* Ese me ha amenazado.

ENFERMERO 1: Yo no te he amenazado. Yo sólo te he pedido que te tumbes.

ENFERMERO 2: Abelardo, no eres el único paciente del que tenemos que ocuparnos. Hay otros. Si colaboras, todo irá mejor.

ABELARDO *(sentándose en el borde de la cama):* Es que yo no quería morder a la doctora Hernández. No me gusta hacer cosas contra mi voluntad. Tampoco me gusta que me aten.

ENFERMERA 2: No te haremos daño.

ABELARDO: Queréis humillarme porque os caigo mal.

ENFERMERA 1: Estás aquí por tu bien. A veces pierdes el control y te pones en peligro y pones en peligro a los demás. Si todo va bien, mañana te soltaremos. La doctora está de acuerdo.

ABELARDO: Ha sido ella la que ha puesto la mano cerca de mi boca. No he debido de entender bien el gesto. ¿Para qué me acerca la mano? ¿Qué tiene que ver eso con mi curación?

ENFERMERO 1: Calla y túmbate, no seas pesado.

ABELARDO: ¿Lo veis? Este tío no me traga. Está deseando hacerme daño. Este, como lo dejéis solo, me aplica el electrochoque. Es un malvado.

Sin oponer resistencia, Abelardo deja que un enfermero lo sujete por las axilas, el otro por los pies, y lo depositen sobre la cama. Uno de ellos procede a ceñirle los tobillos con sendas correas; el otro rodea su vientre con un ancho cinturón, mientras que cada una de las enfermeras se ocupa de sujetarle las muñecas.

ENFERMERA 2 *(a Abelardo):* No hace falta que estés tan tenso. Ya ves que no te hacemos daño.

ABELARDO: Este hospital es un agujero y vosotros unos tiranos. Os pagan por maltratar a la gente. Nos atáis como a animales. Yo eso es lo que me siento ahora. Un animal. Y cuando ya no podemos movernos, hacéis con nosotros lo que os da la gana.

ENFERMERO 1 *(a la enfermera 2):* ¿Cincuenta miligramos de Clopixol o qué ha dicho?

ENFERMERA 1: Creo que ha dicho dos ampollas. Voy a cerciorarme.

La enfermera 1 sale de la habitación. La puerta tiene un ojo de buey con el vidrio opacado por rayas horizontales esmeriladas. A unos veinte centímetros por encima del ojo de buey hay dos piezas de cerámica que componen el número 16. En el pasillo se oyen los sollozos de una señora mayor: «¡Quiero medicamentos de verdad! ¡Quiero medicamentos de verdad!».

ABELARDO: Tengo frío. Cerrad la ventana.

ENFERMERO 1: Aquí no hay ventanas.

ABELARDO: Entonces el balcón.

ENFERMERO 1: Aquí lo único que hay para cerrar es tu boca.

ABELARDO: Pues yo tengo frío.

ENFERMERA 2: Te vamos a tapar enseguida.

ABELARDO: No es bastante. Las sábanas son muy delgadas y en esta habitación hace mucho frío. En mis tiempos de funcionario de prisiones tratábamos mejor a los reclusos.

ENFERMERA 2: Te traeremos una manta. Vas a sentirte igual que en un hotel.

ABELARDO: Pero seguro que no me vais a dejar fumar, ¿a que no?

ENFERMERA 2: Conoces las normas. Sólo está permitido fumar en el patio.

ABELARDO: Vosotros bien que fumáis en vuestra oficina.

ENFERMERA 2: Hombre, Abelardo, no compares. Nosotros estamos trabajando. No podemos descansar en el patio como tú.

Atadas las correas, la enfermera cubre a Abelardo con la ropa de cama. Tal como ha prometido, sale en busca de una manta. Poco después entra en la habitación la enfermera 1. Trae una pequeña bandeja metálica sobre la que reposa una jeringa, un frasco de desinfectante y guata.

ENFERMERA 1: Verás como pronto te vas a sentir mejor.

ABELARDO: Yo no quería morder a la doctora Hernández.

ENFERMERO 1: Eso ya lo has dicho antes.

ABELARDO: La respeto mucho. Por favor, no me pinches.

ENFERMERA 1 *(levanta el borde de la sábana para ponerle a Abelardo una inyección en un glúteo):* Todos la respetamos. Tú también.

ENFERMERO 1: Aunque le has hecho sangre en la mano.

ENFERMERA 1 *(a los dos enfermeros):* Chicos, ya podéis salir. De momento no necesito vuestra ayuda.

Los dos enfermeros salen de la habitación.

ABELARDO: Esos dos me sacan de quicio. Sobre todo el que tiene poco pelo. No sabe tratar a la gente.

ENFERMERA 1 *(presiona con la guata en el punto donde ha puesto la inyección):* Dime la verdad. ¿A que no te ha dolido?

ABELARDO: Me duele más cuando me pincha uno de esos bestias. Disfrutan haciendo sufrir.

ENFERMERA 1: El medicamento te relajará. ¿Por qué no pruebas a dormir un rato?

ABELARDO: Imposible. Salgo para Noruega dentro de unos minutos.

ENFERMERA 1: ¿Qué vas a hacer tú en Noruega con el frío que hace allí?

ABELARDO: También aquí hace frío.

ENFERMERA 1: ¿Volverás para la cena?

ABELARDO: Volveré en noviembre, como el año pasado. Esta vez sí que voy a vigilar bien. En cuanto vea llegar a los terroristas apretaré el botón de alarma. Si lo consigo podré decir adiós a este agujero, a estas correas y a los cabrones de los enfermeros.

ENFERMERA 1: Te deseo mucha suerte.

Entra en la habitación la enfermera 2 con una manta de cuadros blancos y negros.

ENFERMERA 2 *(jovial)*: ¿Qué me dices, Abelardo? ¿Te gusta la manta que te traigo? ¿A que es chula?

ENFERMERA 1: No la necesita. Se va de viaje a Noruega dentro de unos minutos.

ENFERMERA 2: ¿Otra vez?

ENFERMERA 1: Va a estar muy atento por si se acercan los terroristas. Si logra que los atrapen tendremos que darle el alta, ¿a que sí?

ABELARDO: Ponme la manta por encima, que me la llevo. Allí hay que abrigarse bien, sobre todo por las noches.

El fiordo formaba un recodo poco pronunciado frente a la cabaña. Sus aguas quietas se prolongaban hacia el oeste, en dirección al mar, encajonadas entre paredes de gran altura y roca gris. Al fondo, en lontananza, se recortaba contra el cielo una línea de cimas achatadas cubiertas de nieve. En la dirección opuesta se divisaba un tramo de apenas un kilómetro de longitud, que terminaba bruscamente detrás de una escarpadura casi vertical.

Desde la carretera hasta la cabaña se bajaba por un camino de difícil tránsito para cualquier clase de vehículos. Era un camino ancho pero empinado, con muchas curvas e incontables baches y surcos, algunos bastante hondos, abiertos por el agua de la lluvia en el suelo terroso.

De atardecida, el autobús se detuvo junto al arranque del camino y, a su zaga, el camión del abastecimiento. Punto de llegada para el vigilante número 155, dijo por el micrófono el jefe de la expedición, y que se diese prisa por favor porque estaba oscureciendo y todavía había que alojar a dos más. Ya voy, no me achuche. Al apearse pisó con el talón del zapato el bordillo de la carretera y con la punta la hierba salpicada de unas flores blancas, diminutas, y antes de nada se apresuró a dar la espalda al viento que soplaba con fuerza.

Los dos porteadores lo estaban esperando al pie del remolque. Habían depositado en una carretilla las tres cajas con las provisiones y pertrechos iguales para todos los vigilantes. El jefe de la expedición supervisó la entrega del material adicional. 155, una manta de cuadros blancos y negros sobre los hombros, optó por los aperos de pesca y, en lugar de una radio con pilas, prefirió el recado de escribir. Preguntó si quedaban gatos entre los animales de compañía. Lo sentimos pero se los han llevado los vigilantes anteriores. Sólo periquitos, conejillos de Indias, algún hámster y un perro. Qué perro, uno pequeño, mestizo. Lo vio enteco, melancólico, apagado, dentro de la jaula. Entonces decidió escoger algún animal útil. Le ofrecieron una cabra, era lo más grande que había en el interior del remolque y, sin tomarse la molestia de examinarla, la aceptó.

En cuanto el jefe de la expedición hubo terminado de hacer las debidas anotaciones en el albarán, los cuatro emprendieron el descenso a pie hasta la cabaña. A medida que se adentraban en la hondonada el viento perdía intensidad. Los porteadores se encargaron de la carretilla; 155, de la cabra, a la que llevaba cogida con una cuerda, y el jefe de la expedición, libre de bultos, daba largas zancadas silbando y fue el primero en llegar a la explanada que se extendía junto a la orilla del fiordo.

La cabaña era una construcción de tamaño reducido, con paredes de listones, un tejado a dos aguas de placas de pizarra, chimenea en un costado del caballete, dos ventanucos y un pequeño porche orientado hacia el fiordo, distante como unos veinte metros. En el porche había espacio justo para una silla. Allí estaba situada la puerta, en cuyo dintel una placa mostraba el número 16. Toda la explanada, salvo en los lugares donde asomaba la piedra desnuda, estaba alfombrada de flores amarillas, blancas, moradas. En la orilla se veía un pequeño embarcadero.

155 ató la cabra a uno de los postes que sostenían el tejadillo del porche, antes de entrar con el jefe de la expedición en la cabaña. Luz eléctrica, como usted sabe, aquí no hay; por la noche deberá alumbrarse con velas; dispone de un tonel en el exterior para recoger el agua de la lluvia; la cama es simple, pero no ocupa demasiado espacio, y en cuanto a los muebles y el resto de enseres, aunque disten de ser lujosos, al menos le serán útiles. Todos los sábados recibirá usted, junto con las provisiones semanales, una carga de leña para el fogón, nosotros creemos que suficiente; le aconsejo que evite el despilfarro; qué más, ah sí, a la cabra la hemos estado llamando *Greta*, se lo digo por si le apetece conservar el nombre.

El jefe de la expedición, tras repetir que tenía prisa, urgió a 155 a un rápido visto bueno. Si está conforme firme por favor aquí. Le tendió un impreso y un bolígrafo, y 155 garabateó su firma sin molestarse en leer el contenido de la hoja. A continuación se dejó colocar la tobillera electrónica. Recuerde que si se la quita o se aleja usted cien metros de la cabaña, se encenderá en la central la luz de alarma correspondiente a la cabaña número 16. Si tal cosa llegara a ocurrir, usted sería apartado sin pérdida de tiempo de sus funciones de vigilante, estaría obligado por ley a sufragar los gastos ocasionados y no se le concedería una nueva oportunidad en el futuro, ¿me ha comprendido? Mediante el botón azul puede usted accionar la alarma. Ya sabe cómo funciona: desenrosca el protector y pulsa cinco veces seguidas, con intervalos inferiores a los tres segundos; de lo contrario la señal no será correctamente interpretada. Asegúrese de que el aviso está justificado. Creo que eso es todo, tome la llave, nosotros aquí ya no tenemos nada que hacer.

Casi había anochecido en el ventanuco que daba al porche. 155 estuvo mirando por el otro hasta que las tres siluetas borrosas y la carretilla desaparecieron de su vista en la oscuridad de la cuesta. Luego sacó una silla al porche y, sentado con la manta hasta el cuello, permaneció largo rato atento a las aguas del fiordo, a un pequeño cuadrado de luz en la ladera de enfrente y al silencio de la noche que a veces, a su lado, rompía la cabra con algún que otro ruido leve.

«Madre:

»Ayer no pude escribirte. Perdona. Fui uno de los últimos en recibir alojamiento. Ya era casi de noche. Y a oscuras no hubo manera de encontrar las velas. Me han asignado una cabaña distinta. Conque no sé si tengo a la vista el fiordo del año pasado. El otro era más ancho. También puede ocurrir que el fiordo sea el mismo, pero que me hayan colocado lejos del mar. Lo prefiero así. El sitio se me figura algo más protegido del viento. No hay tanta distancia de una orilla a otra, lo cual facilita la vigilancia. Permaneceré atento, madre. Te lo juro. Ningún terrorista pasará sin que yo dé la alarma a la central, aunque esa gente llegue de noche, porque no dormiré. Ninguno logrará desembarcar en el pueblo que, según me han dicho, hay al final del fiordo. Estate tranquila, madre. No he venido a perder el tiempo. Me acuerdo de ti a todas horas. Pienso en lo guapa que eras, en lo salerosa, cuando vivías. Me viene al recuerdo tu manera de sonreír, enseñando los dientes blancos, y me emociono. Quiero ser un buen hijo, madre. Por eso estoy aquí, solo con una cabra que me hace compañía y me da un poco de leche agria. Me habría gustado más tener un gato, pero ya los habían repartido todos. El gato del año pasado, ¿te acuerdas?, tenía los ojos como los tuyos. Ojos vivos. Ojos inteligentes. Ojos en los que brillaba una chispa de afecto. Y por eso me parecía que eras tú quien me miraba en silencio desde los ojos del gato. La cabra, en cambio, la dejo fuera. Tiene a veces arranques de violencia y golpea con los cuernos contra el tonel del agua. Despide, además, un olor intenso. Estos animales están hechos a la vida en la intemperie.»

La doctora Hernández, mujer delgada de entre cuarenta y cincuenta años, gafas con montura negra, bata blanca, entra en la habitación seguida por la enfermera 1. La doctora se llega a un lado de la cama, la enfermera al otro. Esta última sacude a Abelardo por el hombro, al principio suavemente, después con más fuerza, hasta lograr que el enfermo atado con correas al armazón de la cama abra los ojos.

DOCTORA HERNÁNDEZ *(mostrando la mano vendada):* Esto, dígame, ¿le parece a usted bonito?

Abelardo, apocado, guarda silencio.

ENFERMERA 1: Abelardo, responde. La doctora Hernández te está dirigiendo la palabra.

ABELARDO: Yo no sé lo que me ha pasado. Yo no quería. Se lo juro por mi madre. Fíjese, incluso por ella se lo juro. Para que vea que no miento.

DOCTORA HERNÁNDEZ: Cálmese, haga el favor. Como usted comprenderá, una agresión de estas características no ha sido agradable para mí. A menos que yo esté confundida, mi trabajo en este hospital no consiste en ser mordida por los pacientes.

ABELARDO: Le ruego que me perdone. Por favor, que no me pongan más inyecciones. Ya no hacen falta. Ya estoy tranquilo. ¿No lo ve? Mire lo tranquilo que estoy. Ni siquiera me quejo de estar aquí atado. ¿Había que atarme? Pues se me ata, doctora, se me ata y no pasa nada.

DOCTORA HERNÁNDEZ: Tanto yo como el equipo de enfermeros de la unidad estamos muy preocupados ante lo que consideramos una recaída por su parte, señor Abelardo.

92

ABELARDO: Pero es que yo no quería hacerle daño, doctora.

DOCTORA HERNÁNDEZ: Si lo hubiera hecho usted aposta, sería un simple criminal.

ABELARDO: No tengo nada contra usted. De verdad. Yo a usted la respeto mucho.

ENFERMERA 1: Abelardo, deja que hable la doctora. No la interrumpas.

DOCTORA HERNÁNDEZ: Gracias, Marta. Escúcheme, señor Abelardo. No hay razón para dudar de sus buenas intenciones. Yo lo tengo a usted por un hombre educado. Eso es algo que sabe cualquiera en el hospital. ¿Está usted de acuerdo conmigo, Marta?

ENFERMERA 1: Completamente.

Abelardo mira aturdido a una y otra.

DOCTORA HERNÁNDEZ: No obstante, señor Abelardo, a pesar de sus admirables cualidades debe comprender que en su interior actúan fuerzas que escapan a su control. Por esa razón está usted aquí. Para que le ayudemos a dominar ciertos impulsos que pueden llevarle a causar daño a sus semejantes, como ha sido hoy el caso, pero también a sí mismo. De ahí que nos hayamos visto obligados a tomar medidas urgentes. ¿Me comprende?

ABELARDO: Yo...

ENFERMERA 1: Abelardo, dile a la doctora si has comprendido.

ABELARDO: Pues... sí.

DOCTORA HERNÁNDEZ: De momento permanecerá inmovilizado. Ahora mismo no muestra usted síntomas de agitación, lo cual es buena señal. Si evoluciona en la dirección adecuada, mañana procederíamos a librarle de al menos una de las ataduras. No le prometo nada. Seguiremos, eso sí, con la medicación. Le guste o no, señor Abelardo, gracias a ella se siente usted ahora mejor.

ABELARDO: No quiero que me pinchen los enfermeros. Son muy brutos. Que me pinche Marta o una de las chicas del otro turno.

ENFERMERA 1: ¿No será que intentas ligar?

DOCTORA HERNÁNDEZ *(con ceño adusto):* Marta, haga el favor... *(Volviéndose hacia Abelardo.)* Se hará como usted desea. En adelante le pondrá las inyecciones el personal sanitario femenino. ¿Se da cuenta de que aquí se le trata bien? ¿De que atendemos sus solicitudes?

ABELARDO: Muchas gracias, doctora. ¿Le duele la mano?

DOCTORA HERNÁNDEZ: Tiene usted muy buena dentadura, señor Abelardo.

Abelardo sonríe complacido al requiebro de la doctora.

ENFERMERA 1: Aquí donde lo ve, doctora, a Abelardo no le importa mucho que lo aten.

DOCTORA HERNÁNDEZ: ¿Es eso verdad?

ABELARDO: Cosas mías.

ENFERMERA 1: Se va a Noruega y así nos pierde de vista.

ABELARDO: Bueno, es una promesa que le tengo hecha a mi madre.

DOCTORA HERNÁNDEZ *(con gesto de extrañeza, a la enfermera):* Marta, ¿por qué no he sido informada al respecto?

ENFERMERA 1: Perdone, doctora, yo no creía...

DOCTORA HERNÁNDEZ *(interrumpiendo a la enferme-ra):* Dígame, señor Abelardo, desde su ingreso en el hospital, ¿cuántas veces ha estado usted en Noruega?

ABELARDO: Dos. El año pasado y este.

DOCTORA HERNÁNDEZ: Durante su anterior estancia, hace dos meses, ¿también visitó usted Noruega?

ABELARDO: Sí, doctora. Esa fue la primera vez.

DOCTORA HERNÁNDEZ: ¿Y ahora la segunda?

ABELARDO: Pero es que llegué ayer y casi no he tenido tiempo de ver nada.

DOCTORA HERNÁNDEZ: ¿Recorre usted Noruega o se queda quieto en un sitio?

ABELARDO: Me quedo en el fiordo que me asignan.

DOCTORA HERNÁNDEZ: Que le asignan ¿quiénes?

ABELARDO: ¿Quién va a ser? Los de la central.

La doctora Hernández clava una mirada de reproche en la enfermera.

DOCTORA HERNÁNDEZ: ¿Estaría usted, señor Abelardo, dispuesto a contarnos al doctor Revilla y a mí otro día, en detalle, sus viajes a Noruega? *(Le vuelve a mostrar la mano vendada.)* Le aseguro que si no me niega su colaboración se me curaría antes la mano y entonces usted y yo volveríamos a mantener una relación normal, incluso amistosa. ¿Qué le parece?

ABELARDO: Bueno, pero en realidad no hay mucho que contar.

Al otro lado del fiordo, sobre un rellano de la ladera pedregosa, había una cabaña por cuya chimenea salía de vez en cuando humo. No estaba, como la de 155, cerca de la orilla, sino a unos treinta o cuarenta metros monte arriba. Por las noches, hasta bastante tarde, parpadeaba en el cuadrado de la ventana una luz amarillenta.

Transcurrieron varios días antes que 155 avistara por vez primera a la mujer que habitaba la cabaña. Al principio el tiempo había sido por demás desapacible. A lo largo de la garganta por la que se alargaba el agua perezosa del fiordo, el viento había soplado con tanta fuerza que, en ocasiones, las rachas ululantes arrastraban las gotas de lluvia en sentido horizontal. Se producía entonces un chisporroteo de agua rota violentamente contra las paredes de madera, que resonaba con un furor de imprecación o de amenaza dentro de la reducida vivienda.

Greta se protegía de los embates del viento agazapada en el hueco que quedaba entre la cabaña y el tonel. La lluvia, sin embargo, la alcanzaba de lleno. 155 había hecho la prueba de cobijarla bajo el tejadillo del porche; pero a la media hora tuvo que retirarla de allí porque el animal no paraba de sacudir golpes con los cuernos contra la pared.

Durante aquellos días de mal tiempo, 155 optó por no salir de la cabaña. Envuelto en la manta de cuadros, escribía en las hojas de papel desparramadas sobre la mesa. Cada diez o quince minutos, se acercaba al ventanuco y enfocaba los prismáticos hacia el lejano recodo tras el cual se ocultaba la larga extensión de agua. No menos tiempo tardaría una embarcación motorizada en llegar a la altura de la cabaña, por muy rápido que navegase. Esta circunstancia exoneraba a 155 de vigilar sin descanso.

Con frecuencia orientaba los prismáticos hacia la ladera de enfrente. Pronto habría de cumplirse una semana de su llegada al lugar y aún no había conseguido ver a la persona que habitaba la cabaña solitaria de allá arriba.

Una mañana las gruesas nubes comenzaron a disgregarse. Los claros se fueron haciendo cada vez más grandes. Por uno de ellos asomó de pronto el sol. Tras varios días de encierro, 155 salió al aire libre. Un rato después, mientras tomaba unos tragos de leche recién ordeñada, vio a la mujer salir de su cabaña. Rápidamente fue en busca de los prismáticos. Al mirar por ellos, comprobó que la mujer lo estaba observando a él con los suyos. Le hizo un gesto de saludo con la mano y ella correspondió.

A media tarde se repitió la escena. Un día después la mujer bajó a la orilla por una estrecha vereda y 155 se llegó hasta el extremo del embarcadero. Los separaba un brazo de agua de unos ciento cincuenta metros de anchura. Él le preguntó varias veces cómo se llamaba. Sus gritos o se los llevó el viento antes de alcanzar la orilla opuesta, o llegaron a los oídos de la mujer rotos en jirones de voz incomprensible. Y entonces, sin posibilidad ninguna de comunicarse de palabra, se tuvieron que conformar con aquellos saludos de la mano.

La mujer vestía un abrigo azul oscuro hasta los pies. Llevaba la cabeza envuelta en un pañuelo beis que le colgaba por detrás formando un pico sobre su espalda. Del nudo, bajo la barbilla, le caían dos puntas a lo largo de la pechera. Lo único que realmente se distinguía de ella era el óvalo del rostro, empequeñecido por la distancia. De su manera de moverse y de agitar la mano se deducía que era joven.

Una noche se le ocurrió a 155 dibujar con trazo grueso las tres cifras de su número identificativo en sendas hojas de papel, y por la mañana, cuando se percató de que la mujer lo estaba observando con los prismáticos, se los mostró. Comprendiendo sin duda el mensaje, ella se metió a toda prisa en su cabaña; transcurridos unos minutos, reapareció con dos recortes de papel que, unidos, formaban el número 89. Los sostuvo un rato largo cada uno en una mano; luego los dejó caer y, separando los brazos, extendió un paño con los colores de la bandera de Palestina. 155 gritó: yo español; lo gritó varias veces, pero era inútil tratar de hacerse oír a semejante distancia, en medio de aquella cortadura y aquellos precipicios.

«No fui el único de los que trabajábamos en la prisión de Jaén al que mandaron un paquete. Santi Giménez recibió uno parecido por los mismos días. No lo conociste, madre. Un buen compañero. Santi se olió la tostada. Por cierto, hizo un largo viaje para asistir a tu funeral. Y me dijo con lágrimas en los ojos, al despedirse en la puerta del cementerio: Lo mismo que tu madre está ahora en un nicho podría estar yo. Desde el primer momento sospechó del contenido. Parece ser que empezó a recelar cuando vio que le habían escrito el apellido con jota. Su mujer y su suegra también se inquietaron. Santi llevó el paquete a la prisión. Se lo pasaron por una de las máquinas detectoras. Los artificieros de la policía hicieron lo demás. A Santi le daba apuro contármelo. Por qué, no te entiendo, le dije. Y le recordé que durante todos los años que habíamos trabajado juntos nos habíamos hablado siempre con sinceridad. Sí, bueno, añadió, no quiero dármelas de listo ni de cosa que se le parezca. Simplemente a mí me acompañó la suerte y a tu madre no. Estuvimos haciendo cábalas. Alguno de los reclusos debió de averiguar nuestras señas postales. No quiero saber cómo. Se me pone la carne de gallina pensando que uno de los nuestros nos hubiera traicionado. El recluso comunicó los datos a la organización. Eso es fácil. Los visitan parientes y abogados. O quizá tenían gente fuera que nos vigilaba. Sí, eso debió de suceder. Nos veían subir al coche en el aparcamiento de la prisión y nos seguían hasta casa. Luego debieron de transcurrir meses antes que nos mandaran los paquetes por correo. Esa es mi teoría, madre. De ahí que los de la ETA no estuvieran al tanto de mi traslado a Teruel. Te lo he escrito otras veces, pero lo tengo que repetir, aunque tú y la doctora Hernández me digáis que no fue mi culpa, que la culpa es de quienes cometen semejantes atrocidades. Estoy de acuerdo con vosotras. Sin embargo, os pido que me comprendáis. Sólo hay una posibilidad de estar en paz conmigo. Y es si logro apretar a tiempo el botón de alarma para que los atrapen. Me da igual que vengan en lancha motora o en bote de remos. Permaneceré atento. Te lo juro, madre. Madre de mi alma. Lo que yo más quería en la vida.»

ENFERMERA 1: Despierta, Abelardo, que ya ha amanecido.

ABELARDO: No, si hace rato que no duermo.

La enfermera 1 lleva una bandeja con los útiles necesarios para poner una inyección. Al otro lado de la cama, la enfermera 2 se ocupa de revisar el cierre de las correas.

ENFERMERA 2: Aún no tienes permiso para levantarte. Tendrás que desayunar en la cama.

ENFERMERA 1 *(la jeringuilla en la mano):* ¿Qué tal por Noruega?

ABELARDO: El tiempo ha mejorado.

ENFERMERA 1: ¿Llovía o qué?

ABELARDO: Bastante y, además, con viento. Pero si lo preguntas por reírte, mejor me callo.

Los tres guardan silencio mientras la enfermera 1 pone la inyección.

ENFERMERA 1: No creas que tengo muchas ganas de reírme.

ABELARDO: He notado tu enfado al pincharme. Hoy me has hecho más daño que la última vez.

ENFERMERA 1: Por tu culpa la doctora Hernández me echó ayer un rapapolvo que no veas. Se conoce que le has ocultado lo de tus viajes a Noruega.

ABELARDO: Yo no he ocultado nada. Lo que pasa es que en este hospital no lo escuchan a uno. Lo llevo diciendo desde el día en que llegué. No nos escucháis a los pacientes. Luego, si uno protesta, lo toman por peligroso. Y lo acribillan a inyecciones.

ENFERMERA 2: No te exaltes, Abelardo.

ABELARDO: Ya estamos. No me exalto.

ENFERMERA 2: Claro, cuando le mordiste la mano a la doctora tampoco estabas exaltado.

ABELARDO: Fue un accidente. Ni siquiera eso, un malentendido. ¿Cuántas veces lo tengo que repetir?

ENFERMERA 1: Bien, pero a mí me has metido en un buen lío.

ABELARDO: No era mi intención. Lo siento.

ENFERMERA 1: Es que pensaba que lo del fiordo era una broma tuya.

ABELARDO: Tú pensabas que estoy loco.

ENFERMERA 2: La palabra loco aquí no se usa. En este hospital hay enfermos, no locos.

ABELARDO: Yo..., Marta, si quieres, cuando hable con la doctora Hernández, le puedo decir que tú no tienes la culpa.

ENFERMERA 1: No te preocupes, Abelardo. La bronca ya está digerida. *(Se señala una oreja, luego la otra.)* Me ha entrado por aquí y me ha salido por aquí.

ABELARDO: Ahora el lío lo voy a tener yo. Estoy viendo a la doctora y al Revilla ese de los cojones empeñados en lo suyo.

ENFERMERA 1: ¿Y qué es, según tú, lo suyo?

ABELARDO: No dejarme cumplir la promesa que le hice a mi madre.

ENFERMERA 1: Vamos, Abelardo. No seas quejica. Tanto la doctora Hernández como el doctor Revilla son profesionales de la psiquiatría. Saben mucho, han escrito libros. Créeme que estás en las mejores manos.

ABELARDO: De eso, nada. Empezarán con sus medicamentos, con sus sesiones de esto y de lo otro. No pararán hasta destrozarme. Y vosotras sois sus cómplices.

ENFERMERA 2: El café, ¿lo quieres con bollos o tostadas?

ABELARDO: Ahora mismo yo no debería estar atado mientras los terroristas andan por ahí sueltos haciendo de las suyas. Además he dejado los ventanucos abiertos. Me van a entrar un montón de mosquitos.

ENFERMERA 2: ¿Quién es el que no escucha a quién?

ABELARDO: La policía no hace nada.

ENFERMERA 2: ¿Quieres bollos o tostadas?

ABELARDO: Ni bollos ni tostadas.

ENFERMERA 2: Mira que eres cabezón. ¡Y el trabajo que das!

ABELARDO: No me traigáis el desayuno. No tengo tiempo. Quiero cerrar los ojos y cumplir con mi misión. Si de verdad queréis ayudarme, apagad la luz. Dejadme solo, por favor. Por favor...

Las provisiones que le traían los porteadores los sábados por la mañana alcanzaban con holgura para siete días. Así y todo, no era raro que 155 sustituyese las raciones de comida precocinada, el bacalao en salazón, los arenques ahumados y las conservas por la carne fresca de pescado que él mismo se procuraba. Cuando el tiempo lo permitía, acostumbraba sentarse en el extremo del embarcadero con su caña y entretenerse consumiendo horas atento al suave vaivén del corcho sobre el agua salada.

No olvidaba lanzar de vez en cuando una mirada con los prismáticos a toda la extensión del fiordo. En ocasiones veía asomar a la superficie del agua la aleta dorsal de alguna que otra marsopa. Se quedaba observando las pulsaciones rítmicas de las medusas, la espuma efímera producida por el salto súbito de un delfín, o en el cielo, entre los bordes de uno y otro precipicio, el vuelo reposado de alguna solitaria ave rapaz.

Sacaba por lo general caballas y unos pececillos de lomo negro y vientre plateado que comía fritos al atardecer. También sacaba otros peces cuyos nombres ignoraba. Había mañanas o tardes en que misteriosamente no sacaba nada durante largas horas, como si el fiordo se hubiera quedado vacío de seres vivos. No obstante, la pesca rebasaba de ordinario lo que requería su alimentación diaria. Entonces continuaba pescando por inercia, desenganchaba sus presas con cuidado y las devolvía al agua. Estas huían despavoridas hacia las tinieblas acuáticas bajo las que se anunciaba un presagio de honduras abisales. Un día, 155 hizo la prueba de hundir una cuerda de seis o siete metros de longitud, con un guijarro atado al extremo. Deshecha la madeja, la cuerda seguía tirante, señal de que no tocaba fondo.

Tan pronto como surgían embarcaciones a la vista, depositaba la caña a un lado y se ponía ojo avizor. Lo mismo hacía en el otro lado la mujer palestina, encaramada a una roca saliente con sus prismáticos. No era, aquel, un tramo con mucha navegación; pero podía ocurrir que de pronto apareciese un barco atestado de turistas, precedido del murmullo de una melodía musical o de las explicaciones del guía por el altavoz; un yate o un velero con bandera noruega; excursionistas sueltos o en grupo a bordo de coloridos kayaks; personas en todos los casos que cuando pasaban frente a él hacían sonar la sirena o le hacían ademanes amistosos con la mano. Tras corresponder, 155 fijaba de nuevo su atención en los movimientos del corcho, mientras allá arriba, en la ladera de enfrente, la mujer palestina reanudaba sus ocupaciones o se recogía al interior de su cabaña.

Entrado el verano, 155 seguía sin poder comunicarse con ella. Para entonces los dos habían tomado la costumbre de mandarse un saludo con la mano la primera vez que se veían por las mañanas. En repetidas ocasiones habían puesto por obra tentativas de dirigirse la palabra de una orilla a otra; pero en todas ellas sus voces llegaban, si es que llegaban, al otro lado del fiordo tan delgadas, tan tenues, que ninguno las podía descifrar.

La tobillera electrónica truncaba la posibilidad de atravesar el ancho brazo de agua sobre una balsa construida con unas cuantas tablas y cuerda, a nado o por cualquier otro procedimiento. 155 intentó convencer un sábado a la pareja de porteadores noruegos para que entregaran un mensaje escrito en inglés defectuoso a la vigilante número 89. Repetidamente señaló con el dedo la cabaña de la mujer palestina y se esforzó por imitar los gestos y acciones de quien hace entrega de una carta y de quien la recibe agradecidamente; pero los fornidos y rubicundos porteadores no lo entendían o no lo querían entender. Al final se negaron a llevar consigo la hoja de papel manuscrita.

155

Tan sólo en dos ocasiones logró establecer una comunicación algo más estrecha con su vecina del fiordo. La primera aconteció un mediodía de julio. Vio bajar de la cabaña a la orilla a la mujer con su atuendo habitual, una escoba y dos bultos que luego ella le mostró levantados por encima de su cabeza. 155 reconoció con ayuda de los prismáticos dos fotografías enmarcadas. En una se apreciaba el retrato de un niño y una niña, juntos mejilla con mejilla; en la otra el de un hombre de edad imprecisa, cejas espesas y bigote negro.

De pronto la mujer depositó los cuadros en el suelo, apoyados contra una piedra; agarró la escoba y, apuntando con ella como si sostuviese un arma de fuego, hizo que ametrallaba las fotografías. Repitió la acción varias veces. Después de cada una se apresuraba a enfocar con los prismáticos en dirección a 155, movida por el evidente propósito de comprobar si este la había comprendido. Alargado el brazo hacia arriba, 155 estiró los dedos índice y pulgar a fin de dar forma de pistola a su mano, y al tiempo que fingía disparar con ella a diestro y siniestro, vio por los prismáticos que la mujer palestina sacudía la cabeza en señal afirmativa.

155 entró a toda prisa en su cabaña, donde dibujó lo mejor que pudo un retrato de su madre en una hoja de papel. De vuelta al embarcadero, se lo mostró a la mujer palestina. Depositado en el suelo, le prendió fuego. A continuación, trazando a su alrededor amplios círculos con los brazos, trató de repre-

sentar la onda expansiva de una explosión. A través de los prismáticos vio después que la mujer palestina repetía el gesto afirmativo con la cara, esta vez apretando las dos manos, una sobre otra, contra el centro del pecho.

La segunda y última comunicación entre los dos, sin contar los saludos diarios a distancia, sucedió a mediados de septiembre. Una tarde gris, pero seca y de agradable temperatura, llegó al recodo junto al cual estaban situadas ambas cabañas un grupo nutrido de excursionistas con sus chalecos salvavidas fluorescentes y sus kayaks de colores.

155 pescaba como de costumbre sentado en el embarcadero. La mujer palestina abandonó de repente la roca desde la que solía avizorar el fiordo y, tras entrar en la cabaña, bajó corriendo a la orilla. Cuando los primeros excursionistas estuvieron lo suficientemente próximos como para poder oírla, los llamó con muchos aspavientos y voces, y de este modo consiguió que el que iba primero de ellos se llegase a su lado. Señalando la orilla frontera, la mujer le entregó un pequeño bulto envuelto en un paño. Al instante, el remero del kayak enristró hacia 155, a quien entregó lo que la mujer palestina le había pedido que entregase: tres tortas todavía calientes de pan, salpicadas de trocitos de tomillo.

Deseoso de corresponder a la gentileza, 155 preguntó mediante gestos al remero del kayak si estaba dispuesto a transportar a la otra orilla parte de su pesca del día. El remero, sonriente y con similar lenguaje de gestos, le hizo saber que no tenía inconveniente en cumplirle el favor. 155 envolvió media docena de peces en el paño y se los dio al remero, que sin pérdida de tiempo los llevó a la mujer.

«Como te puedes imaginar, la iglesia estaba llena. Pero llena, llena, y no sólo de gente del pueblo. Lo peor, con diferencia, los fotógrafos de prensa. Zumbaban como moscas alrededor de los asistentes con sus putas cámaras, el clic de los pulsadores, el maldito flas. No creas que respetaban la casa del Señor. Hubo uno que se acercó a la caja. Le chistaron, se retiró. Y yo estuve todo el tiempo con gafas oscuras. A mí, madre, no me sacan llorando en los periódicos. Ese favor yo no se lo hago a los que te asesinaron. Bueno, yo prefiero decir a los que te mataron, porque asesinar parece una palabra como de película del cine. No quise que te pusieran una bandera. Flores sí, les dije, las que quieran ustedes. Pero dejen a mi madre en paz con discursos patrióticos y política porque mi madre era una mujer sencilla, una mujer buena a la que no le cuadra la pompa. A mí la situación se me fue de las manos desde el principio. Yo no podía pensar. Yo me decía: esto no puede ser real, esto es una broma. ¿Qué pinto yo al lado de un ministro? Me molestó mucho el brillo de sus zapatos. No sé por qué, madre. A ti te habría gustado. Te conozco. Cuando vivía papá le reprochabas su poco gusto en el vestir. A este, decías, le da igual un traje que un buzo de repartidor del butano. ¡Ay, y qué pequeñajo! Aunque te sacaba tres dedos. A mí, te lo juro, los zapatos del ministro me pinchaban en los ojos. Carísimos, seguro, y muy teatrales, no sé si me explico. No pegaban con la imagen tuya que me estaba viniendo a la memoria en aquellos momentos. Te veía en la cocina de casa con tu delantal salpicado de lamparones, mientras batías un huevo o cortabas el pan con aquel cuchillo de sierra que teníamos, ¿te acuerdas? En cambio el ministro apestaba a perfume. Salvo la corbata negra, el resto del atuendo le habría servido igual para presentarse en una fiesta de sociedad o en la inauguración de una estatua. Me habló al llegar y me habló al despedirse, y de milagro no caí desmayado por el olor. Este tío se ha caído en una cuba de perfume. La segunda vez me dirigió la palabra junto a la verja del atrio, mirando de reojo a la cámara de televisión. Acabaremos con ellos, no se preocupe. Si necesita algo no dude en ponerse en contacto con el ministerio, nos tiene a su disposición. En cuanto se separó de mí la gente empezó a increparle. Le dijeron de todo. Seguro que también sentían irritación a causa de los zapatos brillantes. Distinguí al tío Antonio entre los que gritaban. Se le salían los ojos. Se conoce que el tío Antonio, con todas sus rarezas, su cara colorada y lo que tú quieras, te tenía más afecto de lo que pensábamos, pero es igual, ya qué más da. Yo no sabía que a todo un señor ministro del Interior se le podían soltar burradas semejantes. Mala imagen para el pueblo. Aunque yo creo que estos tíos del poder tienen la piel muy gorda. También estaba el de Justicia, ese con zapatos marrones pero también muy brillantes. Uno del pueblo le soltó al primero que el que tenía que haber muerto era él, sinvergüenza, más que sinvergüenza. Entonces el ministro se volvió de repente para replicar con cara de ofendido que a su compañero también le habían mandado una vez un paquete como el que abriste tú. Al final, cuando sacaron la caja para meterte en el coche fúnebre, salió el arzobispo coadjutor. Me estrechó la mano con la suya fría como un témpano. Al arzobispo nadie lo insultó.»

Un banco en el jardín del hospital psiquiátrico, a la sombra de un árbol, no importa de qué especie. Es indiferente que haga sol o esté nublado. Basta con que no llueva. En el banco están sentados Abelardo, con la indumentaria azul de los pacientes, y el doctor Revilla con bata blanca. Delante de ellos está sentada en una silla ligera de jardín la doctora Hernández, también de blanco. Debe procurarse que ninguno de ellos dé la espalda al público. La doctora aún conserva el vendaje de su mano. Abelardo fuma.

ABELARDO: No me lo creo.
DOCTOR REVILLA: En serio, le doy mi palabra de honor, Abelardo. Ni la doctora Hernández ni yo tenemos la menor intención de impedir sus viajes a Noruega.

110

DOCTORA HERNÁNDEZ: Lo que es por nosotros, puede usted ir siempre que lo desee.

Abelardo parece más interesado en dar caladas a su cigarrillo que en escuchar lo que le dicen.

DOCTOR REVILLA: ¿Es allí donde lo espera su madre?

ABELARDO *(en tono maquinal)*: Mi madre está muerta.

DOCTOR REVILLA: Entonces, ¿para qué viaja a un lugar tan lejano?

ABELARDO: No pienso decirlo.

DOCTOR REVILLA: ¿Por qué?

ABELARDO: No sé por qué me dejé meter en este agujero.

DOCTORA HERNÁNDEZ: Abelardo, escuche por favor. Permita que le ayudemos, así podrá volver antes a su casa. Esto no es una cárcel. Esto es un hospital.

ABELARDO: He trabajado en cuatro centros penitenciarios. En ninguno de ellos he visto que trataran a los reclusos peor que aquí a los enfermos. En cuanto hable me harán daño con la excusa de ayudarme.

El doctor y la doctora se miran unos instantes en silencio.

DOCTORA HERNÁNDEZ: Le quitaron a su madre una vez. ¿Cómo puede creer que nosotros también se la queremos quitar?

111

ABELARDO: A mi madre la maté yo.

DOCTOR REVILLA: ¿Cómo la iba a matar usted, Abelardo, si estaba trabajando en otra ciudad cuando murió?

ABELARDO: Pues por eso. Por haberla dejado sola.

DOCTOR REVILLA: Según nuestros informes, usted fue un funcionario honrado. Sus superiores lo apreciaban.

ABELARDO: Fui un mal hijo.

DOCTORA HERNÁNDEZ: ¿Cómo puede usted saber eso?

ABELARDO: Lo sé y basta. *(Consumido el cigarrillo, tira el resto.)* Quiero fumar más. Me han prometido que podría fumar todo lo que me diera la gana.

DOCTOR REVILLA: Un momento. La promesa era darle tabaco a cambio de que nos hablara de su misión en Noruega. *(Al tiempo que mira su reloj.)* Llevamos veinte minutos en este banco. No me parece que nos haya contado gran cosa. *(A la doctora.)* ¿Usted qué opina?

DOCTORA HERNÁNDEZ: Opino que se niega a colaborar.

DOCTOR REVILLA: ¿Sabe lo que significa eso, Abelardo? Que tendremos que poner fin a esta conversación decepcionante. No habrá más tabaco y deberá volver a la habitación porque estas no son horas de paseo.

DOCTORA HERNÁNDEZ: Piénselo bien.

ABELARDO: Pienso mejor cuando fumo.

La doctora Hernández consulta con la mirada al doctor Revilla. Después tiende un cigarrillo a Abelardo. El doctor le da fuego.

DOCTOR REVILLA: El último que le damos.

ABELARDO: Manda cojones. Ahora que me doy cuenta, en el fiordo no fumo.

DOCTOR REVILLA: Se aburrirá mucho allá, ¿no?

ABELARDO: Allá no me aburro nada. Aquí, sí.

DOCTOR REVILLA: ¿Y qué hace en el fiordo para no aburrirse?

ABELARDO: ¿Para qué me lo pregunta?

DOCTOR REVILLA: A lo mejor podría hacer lo mismo o algo parecido en el hospital y estaría más entretenido.

ABELARDO: ¿Aquí dónde voy a pescar? Ni siquiera hay un estanque en el jardín.

DOCTORA HERNÁNDEZ: O sea, que se dedica a la pesca. ¿Saca muchos peces?

Abelardo da una profunda calada al cigarrillo. No responde.

DOCTOR REVILLA: ¿Se los come?

ABELARDO: Pues claro.

DOCTOR REVILLA: ¿Crudos?

ABELARDO: Me los como fritos.

DOCTOR REVILLA: ¿Dónde los fríe?

ABELARDO: Pues ¿dónde coño los voy a freír? En una sartén.

DOCTOR REVILLA: No me refiero a eso, Abelardo. Se los preparan en un restaurante, en la cocina de un hotel...

ABELARDO: Bobadas. Me los frío yo en la cabaña 16, la que me ha tocado este año. No voy de vacaciones a Noruega. No voy a descansar. No voy a pasear en barco como esa gente que pasa a veces con sus cámaras de vídeo.

DOCTORA HERNÁNDEZ: Lo sabemos. Va a hacerle compañía a su madre.

ABELARDO: Mi madre está muerta.

El doctor Revilla le hace a la doctora Hernández una seña escondida para que le deje hablar a él.

DOCTOR REVILLA: Lo que yo quisiera saber, Abelardo, es si se siente a gusto en el fiordo, si está allí tranquilo, relajado.

ABELARDO: Estoy bien. Me gusta. Nadie viene a ponerme inyecciones. Y si estoy atento y cumplo con mi misión *(lanza con la mano un beso al aire)*, adiós al agujero y a todos los tiranos que hay aquí.

DOCTOR REVILLA: Tiene buena pinta lo que cuenta.

ABELARDO: Lo malo es que por las noches bajan las temperaturas. Pero me tapo con la manta y de esa manera aguanto bien.

DOCTOR REVILLA: ¿Y sólo pesca o se dedica a otras actividades?

ABELARDO: Sólo pesco.

DOCTOR REVILLA: ¿Eso es todo?

ABELARDO: Pesco y miro.

DOCTOR REVILLA: ¿Mira? ¿Qué mira? ¿El paisaje?

ABELARDO: Miro nada más.

DOCTORA HERNÁNDEZ: Está claro que se niega a colaborar.

El doctor Revilla vuelve a hacer con disimulo una seña a la doctora.

DOCTOR REVILLA *(con ademán conciliador):* Bueno, bueno. Un poco de su vida y sus aventuras en Noruega ya nos ha contado. Quizá otro día nos cuente más, ¿verdad, Abelardo?

ABELARDO: Sólo si me dejan fumar.

DOCTOR REVILLA *(haciendo como que se le acaba de ocurrir):* Usted, de niño o de adolescente, ¿visitó alguna vez Noruega?

ABELARDO: No me acuerdo. A lo mejor cuando era colegial. Teníamos un profesor, don Jacinto Galdona. Le gustaba viajar, recorrer museos y esas cosas. Con él hicimos unas cuantas excursiones en autobús.

DOCTOR REVILLA *(con gesto de perplejidad):* ¿Y los llevó en autobús hasta Noruega?

ABELARDO: Eso ya no lo sé. Pero una vez fuimos a los Pirineos y don Jacinto Galdona nos señaló con el dedo la cima de un monte y nos dijo: mirad, allí empieza Francia.

El episodio ocurrió a finales de octubre. Por esa época los días de lluvia se sucedían sin cesar. Anochecía tan temprano que para las seis de la tarde 155 ya había cenado. Después, a la luz de la vela, acostumbraba añadir un pasaje a la carta que llevaba escribiendo a su madre desde que se instaló en la cabaña, y como muy tarde a las ocho, oyendo los chisporroteos de la leña que ardía en el hogar, se acostaba en su camastro.

Greta pasaba la mayor parte del tiempo en el porche, a resguardo de las lluvias continuas y, en menor medida, de los vientos que cada vez soplaban más fríos. Iba para tres o cuatro meses, desde el verano, que había dejado de golpear con los cuernos contra el tonel metálico y las tablas de la cabaña, como si, resignada a sus condiciones de vida, se hubiera apaciguado.

Con frecuencia, 155 le cambiaba la cuerda corta por la de seis o siete metros, lo que aumentaba de modo considerable el radio de movimientos de la cabra. En la zona por donde el animal podía ir y venir, la hierba sobresalía unos pocos milímetros del suelo; en cambio, a donde no llegaban sus dientes incansables, el pasto crecía a sus anchas formando una masa de tallos silvestres que a menudo se doblaban bajo el peso de la lluvia.

Un amanecer, cuando faltaban pocos días para acabar octubre, los topetazos de *Greta* contra la pared de la cabaña despertaron a 155. Habían comenzado de forma repentina; eran insistentes, muy violentos, como de pavor, y se alternaban con los raspones nerviosos de las pezuñas contra las tablas del suelo. Nunca antes la cabra se había hecho notar de manera semejante. Aquello era otra cosa que no recordaba para nada el comportamiento de un animal tozudo. Alarmado, 155 salió a mirar.

La luz matinal que se descolgaba desde lo alto de los precipicios era débil en aquellos momentos; pero aun así él logró entrever con ayuda de los prismáticos varias siluetas negras que bajaban presurosas por la ladera de enfrente. Llevaban prendida a la mujer palestina, que en vano intentaba resistirse a la fuerza de sus captores. 155 sacó a *Greta* del porche para que dejara de hacer ruido. Aguzó los oídos. Ninguna voz, ningún grito turbaban el vasto silencio del amanecer.

Vio que al otro lado del fiordo, junto a la orilla, esperaba un hombre sentado a bordo de una lancha neumática medio oculta por la neblina. Estaba vestido como los otros, con uniforme negro de asalto.

Cerca de la embarcación, la mujer palestina dio unas patadas al aire como tratando de zafarse de los brazos que la aferraban. Al punto fue reducida por tres, por cuatro, quizá por cinco cuerpos fornidos, que la forzaron a montarse en la lancha. La mujer no llevaba puestos ni su abrigo de costumbre ni su pañuelo de cabeza.

La lancha neumática zarpó sin demora, con los hombres uniformados y la mujer palestina dentro, en dirección a la salida del fiordo. Y entonces sí, entonces 155, desde el embarcadero, pudo percibir durante unos cuantos segundos el leve zumbido del motor que antes, arrebujado en su camastro, no había oído.

Estuvo largo tiempo inmóvil, con la mirada fija en el recodo lejano donde se perdía el largo brazo de agua. Poco a poco la claridad fue aumentando hasta disipar los últimos restos de oscuridad nocturna. Empezó a llover. 155 se dio la vuelta y, cuando se disponía a entrar en la cabaña, se percató de que media hora antes había olvidado atar a *Greta* y se había quedado definitivamente solo.

«Imagínate cuánta sería mi angustia que he llegado a desenroscar el protector. He visto que mi dedo estaba a punto de apretar el botón azul, pero lo he detenido. No es asunto nuestro, le he dicho. ¿Qué otra cosa le podía decir, madre? Ya me doy cuenta de que he vuelto a fallar. No he estado a la altura, no he tenido coraje. ¿Cómo les explico a los de la central que la conocía por su número, que nos saludábamos de lejos, que un día intercambiamos panes por peces? Además, los que se la han llevado no han puesto rumbo hacia el interior del fiordo. Esto es todo muy raro, pero sé que he vuelto a fallar. ¿Por qué fallo siempre? Madre, ¿por qué soy como soy? Pronto llegarán las primeras nevadas. Esta tarde me ha parecido vislumbrar algún que otro copo entre las gotas de la lluvia. Así que pronto, quizá el próximo sábado, dejaré la cabaña. Es lo mejor. Ya me he pillado en varias ocasiones hablando a los peces. Como siga así terminaré en la sección del doctor Revilla, de donde nunca se sale. Si me preguntan por la cabra les contaré la verdad. Por mí que suban a buscarla a los riscos. Otro año perdido. Y luego ese dolor como de agujas por todo el cuerpo que me da haber perdido a una persona sin haberla podido socorrer, sin haberle dicho adiós aunque sólo fuera con la mano. Te lo grité cuando metían la caja en el nicho. Se me fue de golpe la timidez delante de aquella gente afligida que abarrotaba el cementerio. Pero ya ¿de qué valía? Pura desesperación y nada más. Que te perdiera para siempre sin haberte dicho en todos los días de tu vida un sencillo te quiero, así como suena: te quiero, madre, gracias por todo lo que hiciste por mí aparte de haberme parido, eso, madre, eso es para mí imperdonable, de eso nadie me puede curar como no fueras tú volviendo a la vida, y tal como están las cosas dudo mucho que puedas volver.»

Lengua cansada

El hilo de sangre que le había estado saliendo por el costado de la boca se había secado. Apenas podía ver con un ojo. Lo que más le preocupaba era que le hubiesen sacado el tabique nasal de su sitio y se le quedara la nariz torcida para siempre. Semanas atrás le habían dado, según dijo, esperanzas de trabajar en televisión.

Todavía era noche cerrada. Para entonces yo ya sabía que nos habíamos escapado. Él seguía hablando mal de los rubios. Mala gente, violentos de mierda y otras palabras peores. Hablaba no de los rubios que habíamos conocido, a los que él había invitado a paella y sangría, los que le habían partido la cara, sino de todos los rubios en general. Pensé que en mi colegio había unos cuantos. El Pecas, Ignacio, Serena Berrocal... Llegué a contar seis o siete, aunque ninguno de ellos tan rubio como los suecos del cámping.

Fede no paraba de lanzar salivazos hacia la carretera. Le habían roto dos dientes. Un tercero se le movía. Estuvo así, escupiendo y diciendo palabrotas, hasta que cruzamos la frontera. En cuanto salimos de Portugal dejó de descargar sus babas por la ventanilla.

Las zonas iluminadas hacían durante un momento visibles los salpicones rojos que manchaban su camisa de flores. Tenía un codo despellejado. De nuevo en España, salimos de la autopista hacia un lugar que llaman Ayamonte.

–A ver dónde coño encuentro yo ahora un hospital.

Fue mamá quien insistió en que me fuera de vacaciones con él. No es que yo me negara. A ver si me explico. Era sólo que me daba pereza. Pereza de meter las tiras de cuero en las hebillas de las sandalias; pereza de inflar y desinflar la colchoneta; pereza de hablar del colegio con él y aburrirme.

Al recuerdo me vino además la última decepción. Cumplí doce años y se olvidó de llamarme por teléfono. Mamá: ¿Y qué? No hay que ser rencorosos, etcétera.

Que yo recuerde él nunca me había fallado o quizá sí pero yo era demasiado pequeño para darme cuenta. Todo esto ahora ya no significa nada.

Mis amigos se habían ido de vacaciones. El barrio estaba muerto de niños. El primer día bajé con el balón a la calle. Me gustaba mucho el olor a cuero de mi balón. Estuve chutando un rato contra la pared, salió el viejo de la tienda de vinos a echarme la bronca y me volví a casa.

Mamá no paraba de insistir. Casi le pregunto si planeaba perderme de vista. Durante la cena, con la lengua pesada de cansancio, le dije:

–¿No me has dicho muchas veces que es un canalla?

–Sí, pero también es tu padre. honks / beeps

A media mañana sonaron varios bocinazos. Fede, a casa, no sube. Esto lo tienen hablado mamá y él con el juez, o el juez y mamá con él, ya no recuerdo. Va para cinco años que no los junto a los dos dentro de una misma mirada. Mejor así. Hubo un tiempo, al principio, en que a mis compañeros de clase les dio por llamarme el Triste. Menos mal que reaccioné a tiempo. Me pasé unos cuantos días riendo sin motivo. No paré hasta ponerme a salvo de la amenaza del mote.

Tras cuatro o cinco bocinazos me asomé al balcón. La pereza de bajar las maletas hasta la calle me secaba la boca. Allí estaba él saludando con la mano desde la ventanilla de la autocaravana de alquiler. Le gusta fardar. La autocaravana era mucho más grande y más chula y brillaba más que el trasto del año anterior. De repente sentí ganas de salir de viaje en aquel vehículo blanco con rayas rojas que ya estaba impresionando a los vecinos asomados a las ventanas; quizá también a mamá, que se contentó con mirar escondida detrás de la cortina.

Fede se acercó al portal para ocuparse de una parte de mi equipaje. Olía a colonia. Creo que notó que ya no me agrada que me bese. Así que adelantó el puño para chocarlo despacio con el mío. Eso estuvo bien, como de amigos. Que me bese mamá no me importa, pero ¿él?

–Elige la dirección, Carlos. Iremos a donde tú mandes.

125

Supuse que estaba de guasa puesto que habíamos
acordado por teléfono tomar el rumbo del Mediterráneo. Como yo no respondía, me preguntó si me parecía bien que fuéramos hacia Alicante.

–Bueno –dije. Y, cuando colgué, mamá me rogó
que en la siguiente conversación pusiera por favor un
poco más de entusiasmo.

Al cuarto de hora de viaje, Fede me hizo la pregunta que ya me esperaba.

–¿Cómo se llama tu pareja? *partner*

Un año antes me preguntó lo mismo casi en el
mismo lugar, todavía dentro de Madrid. La única diferencia es que aquella vez me llamó Carlitos. No
paró de usar la odiosa palabra durante todas las vacaciones, también delante de otras personas. Creo que
fue por entonces cuando dejé de llamarlo papá. A la
vuelta, mamá me prometió que, en su primera conversación telefónica con él, le pediría que me llamase
por mi nombre.

Las vibraciones dentro de la autocaravana me da-
ban sueño; el calor me daba sed, y las dos cosas jun-
tas, pereza. Le volví a responder que no tengo pareja.
Él me apretó la rodilla con su mano caliente, cubierta de pelos por la parte del dorso, soltó una risotada
y dijo:

–Que no me entere yo de que me ha salido un
hijo maricón. *fag*

Y más tarde, a la altura de Arganda o por ahí:

–Tu madre ¿lleva algún individuo a casa?

Ni media hora de viaje y ya estaba deseando volver.

126

–De mí no le cuentes nada –me había dicho mamá–. Carlos, mírame a la cara cuando te hablo. ¿Me prometes que no le contarás nada de mí?

–Te lo prometo.

–Ten cuidado, que te hará preguntas. Cuando te sientas acorralado haz así –y entonces mamá se encogió de hombros y yo tuve que hacer lo mismo para demostrarle que había entendido.

Dejamos la indicación de Albacete a nuestra espalda. Seguimos camino del cámping de Jávea, que tiene una piscina grande. En un sitio, no sé dónde, paramos a repostar. Fede aparcó la autocaravana en una explanada con palmeras. Teníamos el parabrisas cubierto de bichos aplastados.

–Te voy a traer un helado y me esperas aquí. ¿De qué lo prefieres?

No encontró el que le pedí y me trajo otro.

–Por estos lugares abundan los ladrones, así que no te bajes ni abras la puerta a nadie. Enseguida vuelvo.

Lo vi alejarse hacia una casa de ladrillo que estaba medio oculta detrás de un seto. Arriba, cerca del tejado, había un letrero luminoso que aún no estaba encendido: LAGUNA AZUL. Lo último que vi de Fede antes que desapareciera detrás del seto fue el corro de sudor en la espalda de su camisa.

Al cabo de un rato, se detuvo a unos cincuenta metros de la autocaravana un coche deportivo con la capota recogida. Pensé que cuando cumpla dieciocho años me gustaría llevar a pasear a Serena Berrocal en

127

un coche parecido. Y también entender el comportamiento de la gente mayor.

Conducía un hombre de la edad de Fede, sólo que más elegante, con traje y zapatos blancos. Del otro lado se bajó una mujer también acicalada. Llevaba gafas de sol y una pamela, y debía de estar llena de furia, pues llegándose deprisa a donde estaba el hombre, lo empezó a reñir.

El hombre callaba. La mujer hacía gestos. Desde la autocaravana yo no podía oírla. De pronto le arreó una bofetada. El hombre la recibió sin alterarse. A continuación ella le escupió a la cara. El hombre no hizo el menor movimiento, como si su trabajo consistiera en recibir bofetadas y salivazos de aquella mujer.

La mujer se apartó unos metros para fumar un cigarrillo de espaldas al hombre. El hombre sacó un pañuelo de un bolsillo interior de su americana para limpiarse la cara. Y cuando la mujer acabó de fumar, los dos se montaron en el coche deportivo y se marcharon a toda velocidad carretera adelante.

Media hora después, nosotros reanudamos el viaje en la misma dirección. Me dieron ganas de contarle a Fede lo que había visto. Bueno, quizá ganas no sea la palabra exacta. Era que íbamos en silencio y se notaba un olor que Fede había traído de la casa de ladrillo, pegado al suyo de la colonia.

No era un olor bueno ni malo. No sé cómo decirlo. Un olor que me recordaba vagamente al del gel de baño de mamá. Pero sólo vagamente, tampoco quiero exagerar.

Quizá si trabábamos conversación mi nariz se desentendería de aquel olor. Busqué palabras para construir una frase. Pasó un minuto, pasaron dos y yo empecé a creer, mientras cruzábamos paisajes áridos, que de repente se me había borrado el idioma en el cerebro.

De nuevo me vino una racha de pereza. De la modorra esa que se apodera a veces de mí. Que me deja sin fuerza, sin pensamientos, con la boca seca y la lengua gorda y pesada, como con inflamación. Si no fuera por esas rachas estoy seguro de que sacaría mejores notas en el colegio. La profesora Gutiérrez habló un día de una mosca que si te pica te mete una enfermedad que produce sueño. La mosca vive en África, pero ¿quién sabe si llegan algunas dentro de los aviones que aterrizan en Madrid?

Así pensando sentí que volvía a dormirme. La vibración de la autocaravana me hacía un efecto agradable. Como en las imágenes de un sueño, vi a Serena Berrocal convertida en mujer, escupiéndome. Yo le devolví el salivazo, pero quien lo recibía entre los ojos era mamá, que se lo quitaba con el dorso de la mano sin enfadarse.

De vez en cuando, con los ojos cerrados, presentía que Fede me miraba. De repente me preguntó si ya me habían salido pelos en los huevos. Se reía, supongo que de mi cara de sorpresa.

–Todavía no.

Ahora me llamará Carlitos, seguro, como el año pasado.

–No te preocupes. Tarde o temprano te saldrán. Entonces haremos cosas juntos. No las de ahora, que de todos modos están bien. Otras, ¿eh, Carlos?

El olor se había desvanecido. Por fin me vino un poco de lenguaje a la boca.

–¿Falta mucho para llegar?

–Bastante. Duérmete.

La pena, ahora que lo pienso, es que no regresáramos a Madrid después de la semana que pasamos en Jávea. Me aburrí la tira, como ya me había imaginado antes de ponernos en camino; pero al menos no sufrimos ningún percance. *mishap*

–¿Tan horrible ha sido?

–Al final pasé miedo.

–Es un canalla.

–Sí, pero también es mi padre.

Fede, por las mañanas, se encerraba a escribir sus artículos para el periódico. Yo me iba por ahí, casi siempre a la piscina. Echaba en falta a los chavales del año anterior, con los que había jugado partidas interminables de pimpón. Hablaban en el idioma ese que tienen los vascos y me enseñaron algunas palabras. Debían de ser palabras picantes porque cada vez que me las hacían pronunciar se mondaban de risa. Una tarde me las oyó el padre y se rió igual que los hijos. El mayor jugaba muy bien al pimpón. Al otro era más fácil ganarle.

Por la tarde solíamos ir en bicicleta a la playa. Allí es donde me entraba aquella pereza de inflar la colchoneta mientras Fede se soleaba encima de la toalla.

Nos metíamos bastante adentro en el mar a pesar de que yo le había prometido a mamá que sería prudente. De vuelta al cámping, antes de la cena, nos duchábamos juntos. Él se agarraba el pene y me decía:

–Aunque te parezca mentira te saqué por aquí.

Sigo sin saber si esperaba que le diese las gracias.

–Dentro de unos años tendrás uno igual. Se lo clavarás a un montón de tías. Es el destino de todo hombre. Un buen destino si sabes aprovecharlo.

Por las noches nos atacaban los mosquitos. No muchos porque procurábamos mantener las ventanillas y la puerta cerrada, pero había que ventilar y al final siempre había unos cuantos que zumbaban a nuestro alrededor. Los mosquitos y el calor no me dejaban dormir. Entonces me entretenía pensando en cosas y a veces eran cosas que no me gustaban. A menudo me veía cayendo a un inodoro, convertido en una gota de orina.

Tampoco a él le resultaba fácil conciliar el sueño en aquellas condiciones.

–Últimamente me pregunto qué piensas de mí. En serio. Me da la impresión de que cada vez hablas menos. Ya eres como esas mujeres de las que uno nunca está seguro de lo que piensan. A ver, Carlos, dime, ¿qué piensas de tu padre?

Él en la litera de abajo, yo en la de arriba y la autocaravana a oscuras, era inútil el gesto aquel de encogerse de hombros que me había recomendado mamá.

–No sé.

A veces Fede intentaba aplastar algún mosquito dando una fuerte palmada en la oscuridad.

–Vamos a ver, ¿tú sientes por mí un poco de cariño?

–Pues claro.

¿Qué otra cosa le podía responder?

Una tarde apretó la yema de un dedo sobre un punto del libro de carreteras. Dijo que ya sabía dónde podríamos pasar la siguiente semana de vacaciones.

–Mira, aquí. ¿Qué te parece?

–Bien.

–¿Seguro? Luego no me vengas con que te he obligado.

Fui incapaz de explicarle a mamá adónde habíamos decidido viajar por la mañana. Para que no llorase prometí llamarla en cuanto hubiéramos llegado o antes si averiguaba el nuevo destino. Se conoce que no puse la suficiente fuerza en mis palabras. Aquel cansancio en la lengua. Aquella pesadez en los párpados.

En la tierra reseca había un agujero por el que salían hormigas. Lo pisé mientras oía a mamá llorar por teléfono. Retirada la sandalia, las hormigas siguieron corretenado como si nada.

–No era lo que habíamos acordado.

–Si quieres voy y se lo pregunto.

–Ni se te ocurra. Enseguida se daría cuenta de que vas de mi parte.

Ya se había ocultado el sol cuando llegamos a un cámping próximo a Punta Umbría. Nos dijeron que no quedaban plazas libres. A Fede por lo visto le disgustó el tono con que la mujer de la recepción se dirigió a él. Se pusieron a discutir. Fede alargó la protesta durante varios minutos. En un momento determinado usó la palabra *incongruencia*. Yo no conocía entonces su significado. A decir verdad tampoco estoy seguro de conocerlo ahora. Fede sabe montones de palabras. Habla por la radio y escribe para los periódicos. Cuando discute con la gente adopta un empaque como de eminencia en medicina. Bueno, eso es lo que dice mamá.

Siguió protestando cuando circulábamos de vuelta por la autovía. Nos detuvimos a la salida de un pueblo, dispuestos a pasar la noche en el campo. Fede no quería problemas con la Guardia Civil. Conque metió la autocaravana en lo hondo de un pinar, donde ya se acababa el camino. Esa noche tuvimos concierto de grillos y dos o tres mosquitos que zumbaban como los del cámping de Jávea. Seguramente viajaron con nosotros desde allí.

A última hora de la mañana habíamos entrado en Granada para visitar la Alhambra. Eso nos entretuvo. Fede se puso cariñoso.

–Mira, hijo –me pasó un brazo por encima de los hombros–, allá arriba está la famosa Alhambra. ¡Las ganas que tenía yo de enseñártela!

De habernos ahorrado la parada, a lo mejor habríamos conseguido un sitio en el cámping de Punta Umbría y él habría vuelto a Madrid con la dentadura completa.

Subiendo la cuesta hacia la Alhambra me dijo:

—Imagino que tu madre te hablará mal de mí. Allá tú si la crees. Espero que por lo menos me des la oportunidad de demostrarte cómo soy realmente. Para eso es bueno ir de vacaciones juntos, ¿eh, Carlos?

Y ya dentro del recinto:

—Aunque dejes de quererme, nunca podrás olvidar que fui yo quien te enseñó la Alhambra. Una maravilla, ya lo vas a ver. A mi padre nunca se le habría pasado por la cabeza hacer algo así conmigo.

La idea de buscar un cámping en Portugal sí que me gustó. Yo nunca había estado en un país extranjero. Aquello despedía un olor atractivo a novedad. Aquello era de esas aventuras que se pueden contar en el colegio.

Me imaginaba la frontera como una raya pintada en el suelo. Que la tierra del otro país tendría un color distinto, igual que en los libros de geografía. No sé, rosa o azul. Fede notó mi entusiasmo. Esa mañana estuvo gracioso, bromista, cantador.

—¿Qué, fumas? —me tendió el paquete de cigarrillos al tiempo que me guiñaba un ojo—. Venga, Carlos, no te hagas el santo, que yo también he tenido tu edad.

—No fumo.

Para cambiar de tema le pregunté por el significado de la palabra *incongruencia*.

—¿La has oído en la radio?

Me dio una explicación a la manera de la profesora Gutiérrez, con muchos ejemplos. No la entendí.

Habíamos cruzado la frontera por un puente. Yo estaba bastante decepcionado porque el suelo de Portugal tenía el mismo color que el de España.

–¿Entiendes ahora lo que significa *incongruencia?*

–Sí, Fede.

–¿Tu madre fuma?

–Lo ha dejado.

No pensábamos estar mucho tiempo en el cámping de Quarteira sino seguir hacia el norte, quizá hasta cerca de Lisboa; explorar un poco Portugal, luego volver a España por Extremadura. Ya lo decidiríamos.

Por supuesto que no teníamos reserva. Pensé: como se ponga a discutir no entramos. Nos dijeron que esperáramos. Al final nos permitieron compartir una parcela de tierra arenosa con la autocaravana de los suecos. A nuestra izquierda había un seto bajo y detrás más suecos. Fede, al principio, quiso apostarme a que eran holandeses.

–¿En Portugal?

–Sí, mamá.

–¿Qué coño se os ha perdido a vosotros en Portugal?

–Él no quería, pero por darme gusto ha cedido.

–Claro, claro, la Alhambra, Portugal... Ahora que no es trabajo cuidarte aprovecha para ganar puntos.

Fede saludó en inglés al primer sueco que se le puso a tiro. Al instante nos rodearon unos cuantos chiquillos de distintas edades, todos rubios, en bañador y, los más pequeños, desnudos. En sus caras rojizas por el sol del verano se pintaba la misma curiosidad.

–Nos toman por monos.

Una niña de tres o cuatro años le habló a Fede en su idioma nasal. Se conoce que Fede adivinó la pregunta.

–Federico –respondió.

La niña intentó repetir la palabra. Los demás se echaron a reír. Vino enseguida una de las madres a pedirnos disculpas. Fede le habló con su voz más grave y radiofónica, y a la mujer parece que los modales de Fede le cayeron simpáticos. El caso es que trabamos desde el primer momento una relación cordial con nuestros vecinos de cámping, tanto con los de la derecha como con los de la izquierda; quizá un poquito más con los primeros ya que los teníamos casi pegados.

Fede averiguó más tarde que formaban una expedición de tres familias. También que eran todos de la misma ciudad, no sé yo de cuál. Andaban recorriendo Europa repartidos en tres vehículos. Poco antes de nuestra llegada una de las familias había reanudado la marcha. Nosotros estábamos ocupando ahora el hueco que había dejado.

–Escúchame, Carlos. Nunca te fíes de esa gentuza –repetía Fede a las puertas de Madrid, en el labio de abajo la tirita que le habían puesto en Ayamonte–. Son unos pendencieros. Cuando llegues a casa mira en tu libro de historia. Ábrelo al azar. Ya verás como te encuentras un conflicto bélico desatado por algún país nórdico. Los rubios llevan la guerra en los genes. Desde la época de los vikingos no han parado de jodernos. Son unos depredadores y unos borrachos. Beben como ballenas. Después, claro, se comportan como se comportan. ¿Por qué te crees que se largaría aquella otra familia? Seguro que antes de llegar nosotros volaron los puños entre ellos.

Entonces, parados en aquel atasco a la entrada de Madrid, yo no sabía que Suecia no intervino ni en la primera ni en la segunda guerra mundial. Seguro que, de haberlo sabido, me habría dado pereza recordárselo a Fede. Quizá él también lo sabía porque escribe artículos y ha estudiado. Su mal humor, que duraba desde el amanecer, me estaba provocando un poco de dolor de cabeza. No podía dormir porque él me dirigía continuamente la palabra.

–Tienen muy mal alcohol esos cabrones.

Durante el día nos relacionábamos poco con la tropa rubia, yo más que Fede, que por las mañanas se encerraba en la autocaravana a escribir y no se reunía conmigo hasta eso de las once u once y media. Después del desayuno solía irme un rato a la piscina o a jugar al futbolín con Nils y Hendrik, que eran un poco mayores que yo, no sé, uno o dos años, y con Ronja, que tendría mi edad.

A Ronja la recuerdo descalza todo el tiempo. Era delgada, de ojos azules, muy agraciada de cara como su madre, y sabía andar en monociclo.

Lo bueno de estar ocupados en juegos y correrías era que podíamos congeniar sin tener que hablarnos. Hendrik llevaba la voz cantante. A veces él y Nils discutían, y hasta se arreaban empujones. Al final siempre se hacía lo que decía Hendrik.

Cuando las discusiones alcanzaban cierto grado de violencia, Ronja se ponía detrás de mí, me rodeaba la cintura con sus brazos finos y apretaba las manos sobre mi vientre. Yo no sé lo que significaba aquello si es que algo significaba. Era como si dijese: estate quieto, no te metas. Una vez me tentó abrazarla de la misma manera, pero no me atreví.

Para lo esencial de la comunicación disponíamos de señas. Ven, ponte ahí... Esas cosas se entienden con facilidad. Además, yo tenía una estrategia. Tan pronto como caía en la cuenta de que me pedían o me preguntaban algo les decía automáticamente que sí. También daba buenos resultados seguirlos a todas partes y hacer lo que ellos hacían. ¿Se encaramaban al tobogán de la piscina? Yo detrás. ¿Entraban en la tienda del cámping? Yo con ellos.

Fue muy fácil averiguar sus nombres. Cada cual escribió el suyo con el dedo en la arena. Me enseñaron a pronunciarlos, yo les enseñé a pronunciar el mío.

Nils y Ronja eran hijos de los suecos de la derecha; tenían dos hermanos gemelos de corta edad. Hendrik y sus dos hermanas demasiado pequeñas para jugar con nosotros eran hijos de los suecos de la izquierda. Una hermana de Hendrik tenía el síndrome ese que no sé cómo se llama. Iba a todos lados con un cubo y una pala de plástico.

Le conté a mamá que me lo estaba pasando bien con unos chavales suecos.

–¿No pensabais continuar viaje hacia Lisboa?

–He convencido a Fede para quedarnos aquí un poco más.

Por las mañanas, acabada la tarea, Fede se reunía conmigo. En la playa solíamos alquilar una lancha con pedales. Ir en lancha me libraba de inflar la colchoneta, también de cargar con ella y con el inflador de pie por la calle. El único inconveniente era que por la tarde me dolían los muslos.

–Si pedaleamos en esa dirección llegaremos a las islas Canarias dentro de un mes o dos. ¿Te animas?

Por lo general nos quedábamos a comer en el pueblo. A Fede le encanta el pescado, sobre todo cuando puede comerlo con las manos y pringarse los dedos de aceite. En Quarteira, en una calle paralela al paseo marítimo, encontró un local donde lo servían a su gusto. Yo me sustentaba con patatas fritas y helados, y convertía la cena en mi comida principal de la jornada.

–Carlos, ¿por qué no pides un tenedor? Te estás pringando los dedos.

El tercer día nos llegamos a Albufeira con unas bicicletas alquiladas. El viaje de ida fue bastante penoso. Yo habría hecho un descanso, pero Fede prefirió que lucháramos como tipos con agallas contra el viento de frente. Y que yo perdiera barriga.

–No sé cuántas veces le he dicho a tu madre que te suprima los dulces y la bollería.

En Albufeira, en una rotonda próxima a la playa, presenciamos un accidente de tráfico. Varios transeúntes corrieron a ayudar a un motorista, que, después de levantarse con muchas dificultades, se tuvo que sentar en el suelo por algún problema en las piernas. La moto, bastante abollada, se quedó tendida en la carretera.

Fue lo único interesante de la visita. La mayor parte del tiempo estuve en la playa oyendo los comentarios de Fede sobre los cuerpos de las mujeres que cruzaban su campo visual.

Todos los días volvíamos al cámping hacia las seis o las siete de la tarde. Era entonces cuando nos juntábamos con los suecos, que por lo visto no se apartaban nunca de sus vehículos. A nuestra llegada encontrábamos a los mayores sentados a la sombra, jugando a las cartas o a los dados, y siempre con una botella en el centro de la mesa. Los niños correteaban a su alrededor y a mí se me iba de golpe la pereza en cuanto veía a mis amigos.

Fede no tardaba en ocupar silla a la mesa de los adultos. Hablaba con ellos en inglés, les hacía reír, los convidaba a cigarrillos. La mongolita tenía como una fascinación por él. A veces Fede la ponía a cabalgar sobre sus piernas y dejaba que la pequeña le peinase la barba con la mano.

Desde el atardecer hasta bien entrada la noche, los dos matrimonios suecos bebían aguardiente, licores y cosas así en unos vasos diminutos que ahora el uno, ahora la otra, se encargaban de llenar a cada instante. Las mujeres no pimplaban menos que los hombres. A Fede lo animaba el pundonor de representar a España en aquella rueda de bebedores. Así que terminaba las veladas tan borracho como ellos.

Ojeroso y de mal humor, tomaba asiento cada mañana delante de su ordenador portátil.

–Con cien cañones por banda... Antes de ir a jugar con tus amigos, ¿podrías prestarme el cerebro?

Me miraba con ojos turbios.

–Te doy a cambio dos euros para el futbolín.

Me callaba para no enfadarlo más. Mamá y yo estamos de acuerdo en que puede causar mucho daño con sus bromas.

Para reducir la consumición de bebidas fuertes lo que hacía era aportar a diario un par de botellas de vino. Las compraba al volver de la playa, en la tienda del cámping. La primera vez escogió unas de diez euros. En los días siguientes, como se diera cuenta de que a los suecos les faltaba paladar para el vino, acortó el dispendio sin contemplaciones.

La verdad es que, con vino o sin vino, para la hora de la cena ya se le habían atolondrado los ojos. Las palabras con erre se le atascaban. Cenábamos solos, él con poco apetito, mientras allí cerca las madres suecas acostaban a sus hijos más pequeños. Ronja y los dos mayores, al igual que yo, se quedaban despiertos hasta la medianoche.

A esa hora volvíamos de nuestras aventuras nocturnas por el cámping. Fede y los suecos seguían sentados a la mesa, delante de una u otra autocaravana, jugando a los dados bajo la luz no muy potente de un foco.

A veces oíamos sus carcajadas a bastantes metros de distancia, y eso que no eran los únicos que armaban bulla por la noche en el cámping. Sus voces y risas no parecían alterar el sueño de los pequeños. Mamá, cuando se lo conté por teléfono, sospechó que les pondrían alguna clase de somnífero en la cena.

Pasadas las doce, le indicaba por señas a Fede, desde la puerta de nuestra autocaravana, mi intención de acostarme. Para llamar lo menos posible la atención me despedía de él agitando la mano. No me apetecía acercarme a la mesa a que me diese un beso o me humillara de cualquier manera delante de sus alegres amigos.

Desde la litera, esperando a que me venciera el sueño, escuchaba las conversaciones borrosas, incomprensibles, de los adultos. En algún momento de la noche sentía llegar a Fede. Más que el ruido de sus pasos me desvelaba su pestilencia, de tal intensidad que me cortaba la respiración.

Alguna que otra vez lo oía maldecir entre dientes porque acababa de golpearse con la esquina de algún mueble. Buscaba a tientas su litera y, en cuestión de segundos, sin desvestirse, empezaba a lanzar unos ronquidos descomunales.

No era raro que murmurase palabras sueltas mientras dormía. No supe que eran palabras hasta que comprendí que usaba la lengua inglesa en sus sueños.

Tras la cena, mis tres amigos suecos y yo nos perdíamos por los senderos y zonas oscuras del cámping. Primero nos dirigíamos a la tapia que cercaba el recinto. Allí, en un hueco disimulado con un trozo de cartón, guardaban un paquete de tabaco.

Supongo que por ahorrar, aunque quizá me equivoque, cada noche sacaban un solo cigarrillo del paquete. Hendrik lo encendía y a continuación nos lo íbamos pasando por turnos hasta que se acababa. En la oscuridad me resultaba fácil fingir que fumaba. No tragaba el humo porque no me gusta. Bueno, y porque no he aprendido a tragarlo sin que me dé la tos.

–Ha dicho que no deberías comprarme dulces ni bollos.

–Oye, pues dile a él que no te dé cigarrillos.

–Pero si no me da.

–En la voz te noto que mientes.

Ronja se agarraba ahora a mí por detrás incluso cuando Hendrik y su hermano no se peleaban. Yo no sabía cómo reaccionar y me quedaba quieto con aquella niña delgada y tibia pegada a mi espalda. Nadie me explicaba si éramos pareja. Si lo éramos, ¿no habría sido más normal que ella me abrazara por delante? Claro que a lo mejor las chavalas suecas tienen costumbres que yo no conozco.

Después del cigarrillo de cada noche, íbamos a la pista de baile para adolescentes, en la que formábamos entre los cuatro un corro bastante ridículo, o merodeábamos por la terraza de la cafetería, donde Hendrik y Nils acechaban la oportunidad de vaciar los restos de alcohol de cuanto vaso abandonado se pusiera a su alcance.

Hacia las once, cuando la mayoría de los campistas se había recogido, nos adentrábamos en la zona de los bungalós. La idea consistía en apostarse junto a las ventanas y mirar con disimulo los interiores. Casi siempre sorprendíamos escenas de poco interés. Gente sentada delante del televisor, personas reunidas en torno a una mesa, otras que gesticulaban como si estuvieran discutiendo. Nada del otro mundo. Yo tenía miedo de que nos pillaran. ¿Sería por eso que no conseguía divertirme tanto como mis amigos?

Había muchos bungalós. De ahí que tarde o temprano termináramos encontrando lo que buscábamos: parejas de cuerpos desnudos acoplados en una cama, encima de un sofá o simplemente tendidos en el suelo.

Mis tres amigos intercambiaban comentarios en voz baja que yo no entendía. Tras observar un rato la escena, uno de ellos golpeaba con los nudillos en el vidrio y salíamos corriendo.

También vimos una noche masturbarse a un hombre de pelo blanco.

–¿Todavía seguís en ese sitio?

–Sí, mamá. Es que estamos pasándolo bien.

El último día fue distinto de todos los anteriores. A decir verdad, no entraba en nuestros cálculos que fuera el último. Fede y yo habíamos decidido de común acuerdo terminar en Quarteira las vacaciones.

Él no escondía sus motivos.

–Tengo a la sueca de las coletas en el bote. No para de hacerme ojitos.

Me costó unos instantes comprender que se refería a la madre de Nils y Ronja.

–Me falta una sueca en el palmarés. La putada es

144

que los mocosos y el marido no la dejan sola ni de coña.

Por la mañana no se encerró a escribir ni fuimos a la playa, sino a un supermercado del pueblo a comprar los ingredientes para la paella y la sangría. De víspera, supongo que borracho, se había comprometido con alocada generosidad a preparar una cena para todos, adultos y pequeños. Por el mismo procedimiento, un año antes, había conseguido que nuestros vecinos vascos del cámping de Jávea se chuparan los dedos.

–Y eso que aquellos eran unos gurmés de cuidado. A estos, que no tienen ni idea, les va a encantar la paella aunque se me queme.

En varias ocasiones lo había oído quejarse medio en broma, medio en serio, de que las vacaciones le estaban costando un dineral y ahora invitaba a aquellas dos familias numerosas a una cena que, además del gasto, le iba a suponer tiempo y esfuerzo.

–Sé lo que estás pensando, pero te digo una cosa. A veces hay que aceptar sacrificios para que la vida se porte bien con uno.

Fuimos al supermercado de Quarteira que nos recomendaron en la recepción del cámping. Nils, Hendrik y Ronja nos acompañaron en calidad de porteadores. Apretaba el calor. Por el camino Fede costeó una ronda de helados.

Hecha la compra, repartimos la carga entre los cinco. Fede decidió encargarse de las botellas. No se fiaba. Nils y Hendrik se pusieron a discutir, no sé de qué porque no se les entendía una palabra. Ronja, descalza como de costumbre, no se apartaba de mi lado. Fede lo notó.

–Esta cría está a punto de caramelo. Si te alimentaras como Dios manda ya te habrían salido pelos en los huevos y ahora te la podrías tirar. ¿No te das cuenta de que te lo está pidiendo?

Volví asustado la mirada a Ronja y a mis amigos, y por primera vez me alegré de que ninguno de ellos dominara nuestro idioma.

Más tarde, Fede me mandó al mismo supermercado a comprar cuatro melocotones para la sangría de los niños. Fui solo. El sol pegaba fuerte. Me senté durante un rato a la sombra de un árbol, en la avenida que bajaba hacia la playa, y por poco me duermo.

De vuelta a la autocaravana, encontré a Fede sentado delante del ordenador, con la mongolita encima de un muslo y Ronja encima del otro. A su lado estaba la sueca de las coletas, que sostenía en brazos a uno de los gemelos. Fede les estaba enseñando su colección de fotos. Daba explicaciones en inglés y la madre de Ronja hacía la traducción.

–Tu padre ha llamado. Tienen que operarle del tabique nasal.

A mamá le conté un poco por encima lo que ocurrió aquella noche, sin decirle que no estaba seguro de nada. Yo dormía dentro de la autocaravana cuando me despertaron los ruidos de fuera. He visto a los dos muchas veces, cuando todavía vivían juntos, gritar y pelearse, así que, para que no volvieran los tiempos pasados, me limité a respetar la versión que Fede me había transmitido durante el viaje de regreso.

–Hazme el favor de contárselo a tu madre como yo te lo he contado. Primero porque es la pura verdad y segundo porque bastantes problemas tengo por culpa de esos rubios violentos como para que venga ahora nadie a empeorar mi situación. ¿Me lo prometes?

Tardé un segundo o dos en poder despegar los labios.

–Sí, Fede.

–Bueno, espero que no me falles, ¿eh? Recuerda que he hecho todo lo posible por darte unas buenas vacaciones.

A los suecos les causó sensación la paellera. Aunque vieja y un poco renegrida por los costados, Fede la solía tener bien aceitada para que no se enroñase. No la pensaba usar. Para dos personas era demasiado grande. Cargó con ella porque a veces, como el año anterior en Jávea, cuando menos se espera surge la ocasión de lucirse y Fede sabía que convidando a paella tenía el éxito garantizado.

Nada más salir con el trasto se produjo un ooooh general. El padre de Hendrik se apresuró a desenfundar su cámara de fotos. Enseguida los pequeños se contagiaron del asombro de los adultos. Todos querían fotografiarse junto a la paellera, disputándose los mejores sitios. Las madres tuvieron que intervenir para poner orden.

La mongolita, que llegó la última con su cubo y

su pala, dio un largo beso a la paellera reluciente; después dijo unas palabras en su idioma y todos las celebraron con muecas de aprobación y aplausos.

Según supe por Fede, los suecos de la izquierda insistieron en que había que repartir el trabajo. Los de la derecha se mostraron inmediatamente conformes. Fede intentó convencerlos de que no necesitaba ayuda.

—Hablan de colaboración europea —protestó en voz baja—. Lo único que van a hacer es estorbar.

El padre de Nils y Ronja se puso un delantal sobre el torso desnudo. Después de la payasada, a Fede no le quedó más remedio que admitir a su lado al equipo de colaboradores inexpertos.

En cierto modo parecía un sueco más. Un sueco de pelo oscuro, bigote y patillas grises, y frente agrandada por las entradas. Como ellos, andaba descalzo y en bañador. Los críos lo rodeaban, le hablaban en sueco y se abrazaban a sus piernas como si fuera de la familia. El tío Fede o una cosa así.

El padre de Hendrik le sacó varias fotos mientras cocinaba en la zona del cámping donde estaba permitido hacer fuego. Fotos en las que aparecía Fede solo, con los niños, con el padre de Nils y Ronja o con las dos mujeres, una a cada lado cogidas con confianza por él de la cintura y, en todos los casos, con la paellera como motivo central de la imagen.

—¿Qué harán con las fotos de ayer?

—¿Por qué me lo preguntas?

—No sé, se me ha ocurrido.

–Las borrarán, se las meterán por el culo... ¡A mí qué más me da!

El padre de Hendrik llevaba una tirita en un pulgar. Se había hecho una herida cortando los pimientos.

Tras los primeros tragos de sangría, el padre de Nils y Ronja se arrancó con un «¡viva la Espanien!» a voz en cuello que a mí me produjo dentro de las tripas una sacudida de vergüenza ajena. La psicóloga suele decirme que debo perder el miedo al ridículo. Me propone estrategias. Que recite una poesía en la fiesta del colegio, que aprenda chistes y los cuente, que me apunte a un curso de baile. Sé de antemano que nunca podré.

–Pues teniendo en cuenta el dinero que nos cuesta, deberías hacerle caso. ¿Por qué no empiezas por los chistes? Le cuentas uno a Ignacio, a quien conoces bien, y si ves que se ríe pruebas con otro amigo.

–Sí, mamá.

Satisfecho de su ocurrencia, el padre de Nils y Ronja la repitió. A continuación el resto de adultos, vaso en mano, le hizo el coro imitando su pronunciación defectuosa. Los gestos sonrientes de los padres se reprodujeron en las caras de los pequeños. A mí me parece que la más feliz era la mongolita, a quien Fede permitía sostener de vez en cuando el cucharón.

Todos andaban con atuendo de playa. Yo no me quise despojar de la camiseta a pesar del calor y las reconvenciones de Fede. Incluso con ella puesta me avergüenzo de mi vientre; sin ella, las miradas de los demás me sientan igual que agujas.

¿Tendrían Nils y Hendrik pelos de hombre? Podría ser; eran mayores que yo, también más fuertes y más altos. De tenerlos serían rubios, eso por descontado, de la misma manera que los míos serán algún día negros.

A Ronja, que aquella tarde no vestía más que la parte de abajo del bañador, se le veía el pecho completamente plano. Una niña todavía. Dio tres vueltas completas con el monociclo alrededor de la paellera cuando Fede aún no había encendido el fuego, y todos aplaudieron.

Eso me gustaba de los suecos, que cuando alguno de sus hijos hacía bien una cosa aplaudían. A mí, que yo recuerde, no me ha aplaudido nadie en la vida.

Mayores y pequeños observaban fascinados cómo Fede removía el arroz con el cucharón. Perdidas las ganas de reírme por nada, me volvió la pereza, la sequedad en la boca, el cansancio en la lengua que me quita de costumbre las ganas de hablar.

Fui a sentarme aparte, la espalda recostada en el tronco de un pino. Con la punta de un palo escribí en la arena el número de kilos que me convendría adelgazar hasta las próximas vacaciones de verano. Cambié el número varias veces. Al final me decidí por una cantidad que a primera vista no me exigiría sacrificios inhumanos.

De pronto, Fede me hizo señas para que me acercara.

–Pon otra cara, haz el favor. Me han preguntado dos veces si estás triste.

Al día siguiente, en el atasco a la entrada de Madrid, me dio la razón.

–Ahora entiendo tu desgana. Debiste avisarme, me cago en diez, que me había equivocado de amigos.

Fede y el padre de Nils y Ronja se encargaron de transportar la paella humeante hasta la parcela de las autocaravanas. Entre todos formábamos una procesión bastante ridícula, semidesnuda y ruidosa. Fede, el héroe del día, repartió las raciones. Fue acordado servir primero a los de menor edad. Cada cual se puso a la cola con su plato.

Cuando me tocó el turno le susurré a Fede que no me había echado ni un solo cacho de pollo.

–Venga, Carlos, no me causes problemas. ¿No ves que no hay suficiente? Mañana te compro un pollo entero en el pueblo, con patatas fritas.

Comimos; yo dos raciones, las dos sin pollo, aunque la segunda vez, para compensar, Fede me puso encima del arroz seis o siete almejas que nadie al parecer quería.

Los menores de edad tomamos sangría sin alcohol. Las habían preparado con zumo de uva para darle apariencia de vino. Por lo menos dos veces hundió Hendrik su vaso a escondidas en el perol de los mayores. A la mongolita tuvieron que arrearle unas fuertes palmadas en la espalda. Se había atragantado con un langostino. Por lo visto se los estaba comiendo sin pelar.

–Ni los dientes que me han roto esos rubios de mierda ni el ojo con el que casi no veo...

Ya se distinguían al fondo de la recta los vehículos accidentados causantes del atasco.

–Lo que a mí de verdad me duele y me revienta, ¿sabes lo que es? La paellera, Carlos. Perderla me ha dolido más que todas las hostias recibidas.

Se lo advertí al poco de ponernos en camino. Aprovechando que se había apeado para escupir sangre en el borde de la carretera, me pasé a la cabina de la autocaravana.

–Nos vamos, Carlos. ¿Por qué no duermes?

–No tengo sueño.

Antes que volviera a poner en marcha el motor, le recordé que se había olvidado la paellera en el cámping.

–Déjame a mí ahora de paelleras.

Fue entonces cuando comprendí que no era un arrebato furioso de Fede el motivo de nuestra marcha precipitada. Nos estábamos escapando.

Sucedió a la cena una larga velada en la que también participaron los pequeños. Estos fueron acostados más tarde que de costumbre, según se iban quedando dormidos en brazos de sus respectivas madres.

Serían las nueve cuando el padre de Hendrik desenfundó la guitarra. Su mujer lo acompañó con un pandero. A veces lo golpeaba con la palma de la mano, a veces con un mazo rematado en una bola. Parecían las dos familias muy puestas en aquello de cantar a coro. Entonaron canciones en inglés y, supongo, en sueco.

Ocurrió entretanto lo que yo temía. Nos pidieron a Fede y a mí que cantáramos en nuestro idioma. Nos pusimos de acuerdo en cantarles *Campana sobre campana*. Apenas pasé de mover los labios durante la primera estrofa. Fede me acusó de miedoso y siguió cantando solo. Seguro de que no podían entenderle, cambió la letra tradicional por groserías. *Burdel, campanas del burdel, que las fulanas tocan* y así por el estilo. Al final los suecos aplaudieron.

La noche, una noche agradable de verano, con estrellas, sin viento, cayó sobre el grupo cantarín. Acabada la sangría, los mayores colocaron en el centro de la mesa su botella habitual. Los pequeños corrían de un lado para otro. Nils y Hendrik me hicieron una seña para que los siguiera. Lejos del barullo compartimos el cigarrillo de todos los días junto a la tapia. Después, como de costumbre, nos fuimos a la terraza de la cafetería y más tarde a espiar por las ventanas de los bungalós al acecho de parejas acopladas.

Nos quedamos bastante rato observando una escena curiosa. Una mujer de unos cincuenta años, aunque no estoy seguro, pegaba bofetadas a un anciano sentado en una silla de ruedas. No le pegaba fuerte ni seguido. A ver si me explico. Daba vueltas alrededor de él, hablándole; de pronto se detenía, lo abofeteaba una o dos veces con poca saña y continuaba dando vueltas, hablando y gesticulando, sin que el anciano protestara ni hiciera nada por defenderse. Nils enseguida quiso sacudir un golpe con el nudillo en el vidrio, pero Hendrik se lo impidió.

Si descuento aquello no vimos nada interesante. Bueno, esa fue mi impresión. Faltando poco para la medianoche emprendimos la retirada. Mis amigos iban discutiendo en su idioma y empujándose por el sendero. Quizá por esta causa no distinguieron a Ronja como a unos cien metros de distancia, a punto de adentrarse en la oscuridad de los pinos. Estuve a punto de llamarles la atención sobre ella; pero la lengua se me quedó parada cuando reconocí en el hombre que llevaba a Ronja de la mano la camisa floreada que se había comprado Fede dos días antes en Albufeira.

Un gemelo y las dos hermanas de Hendrik todavía correteaban por la parcela de las autocaravanas. La mongolita lanzaba unos berridos extraños. La vi golpearse con el cubo de plástico en la cabeza, seguramente porque no quería acostarse. Su madre la regañaba, o eso es lo que a mí me parecía, mientras el resto de los adultos jugaba con tranquilidad a los dados.

Esperé la primera ocasión en que nadie me mirase para irme a dormir. Me daba corte decir buenas noches en inglés, no digamos con las palabras en sueco que un día, achuchado por los cuatro adultos con la complicidad de Fede, tuve que resignarme a aprender. Pero lo que yo más temía en aquellos momentos era que intentasen enredarme en una conversación. Estando Fede a mi lado me importaba menos porque entonces él hacía de intérprete.

Me dormí, como en las noches precedentes, oyendo el rumor de sus voces y alguna que otra risa. Al cabo de no sé cuánto tiempo me sobresaltó un retumbo. Algo había chocado con fuerza contra la pared de la autocaravana. Tembló la litera y yo pensé que Fede se habría vuelto a emborrachar. Lo pensé tan sólo unos instantes, lo que tardó en producirse el siguiente retumbo.

Luego, allí cerca, oí jadeos y gritos entrecortados de hombres y chillidos de mujer mezclados con estrépito de objetos que se caían. Me asomé a la ventana sin encender la luz. Vi a la madre de Nils y Ronja golpeando a Fede por detrás con una silla, y vi ir y venir el puño del padre de Hendrik, y por fin vi la silueta tambaleante de Fede, que se defendía como podía de la lluvia de golpes.

Conforme nos acercábamos a la frontera redujo la velocidad. Apenas había tráfico.

–Carlos, hijo, hazme caso. No se te ocurra fiarte nunca de los rubios. Son gente violenta, con malos instintos y mal alcohol.

Al recuerdo me vinieron los rubios de mi colegio. El Pecas, Ignacio, Serena Berrocal y algunos más de los que no me sabía el nombre. Fede continuaba escupiendo de vez en cuando sangre por la ventanilla. Delante de nosotros se alargaba el tramo corto de carretera iluminado por los faros. El resto era noche negra.

–Sólo veo con este ojo.

Por primera vez en mi vida sentí lástima de mi padre. Lástima y también, la verdad, un poco de asco.

Nardos en la cadera

Elvira Fuente lo ayudó a bajar del taxi junto a la entrada del Teatro Español. Eran las seis y diez de la tarde. Llegaban con retraso. Benigno había sacado más de medio cuerpo fuera del vehículo, pero una pierna se negaba a seguirlo. A ruego de Elvira, el taxista sostuvo al anciano desde el lado de la calle mientras ella, de rodillas sobre el asiento trasero, liberó el pie atrapado en un hueco.

Ya en la acera, se apresuró a arreglarle el nudo de la corbata. Después le quitó unas escamas de caspa que se le habían depositado sobre las hombreras de la chaqueta. Por último le alisó las cejas con un dedo previamente ensalivado.

Su padre se dejaba hacer, refunfuñante.

–Que conste que vengo sin ganas.

–No es necesario que lo repitas.

–Digo sin ganas como podría decir a la fuerza. Tu madre se estará revolviendo en la tumba.

–Pensaba que lo teníamos todo hablado.

–Estará despertando a los muertos a grito limpio. ¡Pues no era poco celosa!

–Tú sabrás si le diste algún motivo.

–Ninguno.

–Habla más bajo, por favor. La gente empieza a mirarnos.

Se cercioró de que su padre llevaba bien abrochado el cinturón, volvió a sacudirle las hombreras de la chaqueta y prosiguió:

–La cita no te compromete. Conversas con la mujer el tiempo que juzgues oportuno. Si ves que no es de tu agrado te despides educadamente. ¿Dónde está el problema? Recuerda que se llama Apolonia.

–Con un nombre así, ¡cómo coño me va a gustar!

–Tampoco el tuyo es una maravilla.

–El que me pusieron.

–Por si acaso te estaré esperando en el borde de la plaza. No olvides sonreír, no digas palabrotas, no te rasques la cabeza en su presencia.

Cruzaron la calzada cogidos del brazo, él mirando al suelo, ella atenta al tráfico.

–A ver si va a ser un trampucio para sacarme los cuartos.

–¿Cómo andas de la rodilla?

–Fatal.

–¿Por qué no has traído el bastón?

–Dudo que la señora esa encuentre interesante a un vejestorio.

–Sois de la misma edad, ella unos meses más joven.

–¿Cómo has dicho que se llama?

–Apolonia.

–Horrible nombre. ¿Y el apellido?

–Se lo tendrás que preguntar tú.

–Estará infestada de verrugas.

La antevíspera, tras despedir a un paciente de última hora, Elvira Fuente solicitó un taxi por teléfono para que fuera a recoger a su padre. El hombre se resistía. Dijo que estaba calentando la cena y viendo *Pasapalabra* en pijama y sin afeitar. Elvira lo esperó delante del portal. Utilizaron el ascensor para subir al primer piso, donde ella tenía su consulta. En la pantalla del ordenador le mostró una fotografía de la mujer.

–No me negarás que es bastante atractiva. Ya me gustaría a mí tener a sus años el mismo aspecto.

Benigno soltó un comentario burlón acerca del peinado de la tal Apolonia. El nombre, dijo, empezaba a resultarle familiar. Abrigaba el convencimiento de que la vieja llevaba peluca y de que la fotografía no era actual. Elvira lo contradijo y discutieron.

–Ni aunque me apunten con una pistola me metería yo en la cama con eso.

–Tan sólo se trata de estrechar un vínculo de convivencia.

–Líbrame de psicologías, por favor. Soy tu padre, no tu paciente.

–Esto es, de verse regularmente para neutralizar la soledad y de paso los accesos de melancolía.

–Pero ahí pone que busca un tío cariñoso.

161

–Pone caballero cariñoso y romántico. Hay que leer la frase tal como es. Está claro que la señora no busca relaciones sexuales. Busca un compañero de su edad con quien conversar, ir de paseo, comer de vez en cuando en un restaurante. Yo así lo interpreto.

–¿Tú crees que no he vivido suficientes años para saber lo que es el cariño entre un hombre y una mujer?

–Pues que te conste que me he informado. Esta agencia en concreto es de las más serias.

–Empieza por darte la mano. En el siguiente encuentro te ofrece la mejilla. Al tercer día te agarra y te pega el primer revolcón.

–Y si fuera así, ¿qué?

–Pues que no. ¿Qué diría tu madre?

–Mamá murió hace ocho meses.

–Ocho meses menos nueve días.

–Tiempo de sobra para que vayas poniendo fin al duelo. Deberías salir más a menudo, hablar con la gente, no encerrarte en ti mismo.

–Yo creo que tengo años para quedarme tieso en cualquier momento. Es más, lo estoy deseando.

–Me gustaría saber que de vez en cuando te das cuenta de que existo.

–Bueno, no vamos a ponernos a llorar, ¿eh?

–Tú verás.

–Reconócelo, me has metido en un lío. ¿Tanto te costaba preguntarme? Pero no. La doctora que lo sabe todo se cree autorizada a disponer de mi vida como le da la gana. Pues para que te enteres, prefiero seguir con los antidepresivos a ver a esa vieja en paños menores.

El mismo día, a las cinco de la tarde, Apolonia Matesanz se reunió con dos amigas en la cafetería de El Corte Inglés de Goya.

Iba para dos meses que había enviudado. Un domingo regresaba de celebrar su ochenta y un cumpleaños con unos parientes de Zaragoza cuando a su marido, en un lugar perdido de la provincia de Guadalajara, le dio un achuchón mientras conducía. Tras saltar por encima de la cuneta, el coche se metió en un labrantío y enseguida, frenado por la tierra blanda, se detuvo. La bocina no paraba de sonar en medio de la soledad del campo porque el marido de Apolonia Matesanz oprimía el volante con el pecho. Apolonia consiguió volverlo de un empujón a su postura natural en el asiento; entonces se dio cuenta de que su marido tenía los ojos quietos, dejó de dirigirle recriminaciones y se acercó a la carretera en busca de ayuda.

Desde la muerte de su marido, Apolonia Matesanz no había vuelto a la cita de los jueves con sus amigas; pero esa vez, según les dijo por teléfono, aparte de que ya se sentía mejor de ánimo, tenía una novedad que contarles. Incapaz de retener el secreto, les contó lo esencial de la novedad antes de encontrarse con ellas.

Acudió vestida de medio luto a la cafetería. Sobre la pechera morada de su blusa colgaba un collar de perlas de dos vueltas, a juego con los pendientes.

–No penséis que voy a salir a la calle hecha un cuervo.

Pidió, para no romper la costumbre, una tostada con mermelada y un descafeinado de sobre, y sus dos amigas pidieron lo suyo.

–Tampoco he salido vestida de carnaval –añadió, después de esperar que el camarero se hubiera marchado.

Las dos amigas se disputaron la palabra para elogiar su aspecto.

–José Antonio –dijo– tenía mucho miedo de que me entrase la depresión. Y sí, lo he pasado mal, francamente mal, esa es la verdad. Yo me creía una persona fuerte.

GRACITA *(menuda, de ademanes nerviosos, mejillas hundidas, miradas penetrantes):* Y lo eres.

Negó con la cabeza.

–¡Qué va! Reconozco que me hundí. Vives cincuenta y cinco años con el mismo hombre, te parece un tostón y un inútil; pero cuando ya no está lo echas tanto en falta que se te van las ganas de todo.

GRACITA: Lo peor es a la hora de acostarse, cuando no hay nadie en casa que te dé las buenas noches. A mí, muerto mi Dámaso, que en paz descanse, una vecina me recomendó contratar los servicios de una chica de Bolivia que ella conocía, para que durmiese en casa. Ese era todo el trabajo, pasar las noches en la habitación de al lado. Me apunté el número de teléfono, pero mi hija no quiso. Huy, ni hablar. Dice que se aprovechan de las personas mayores para robarnos.

MARIANA *(la menos acicalada de las tres, la más alta y corpulenta, con papo notable, mejillas rugosas, mirada mustia):* Pues yo he vivido toda mi vida sola y no echo en falta a nadie.

Gracita le preguntó a Apolonia si llevaba consigo una fotografía del pretendiente. Apolonia vertió en la taza la mitad del contenido del sobre y después añadió la sacarina en polvo.

–Ni siquiera estoy segura –respondió– de si el pretendiente es él o soy yo. José Antonio me ha puesto en contacto con ese hombre sin consultarme.

GRACITA: Tu sobrino se ha pasado de la raya.

MARIANA: ¿Cómo le consientes que te haga semejante jugarreta? Porque supongo que se trata de una broma, ¿no?

–Me consta que me quiere y me respeta porque me lo ha demostrado en muchas ocasiones. Vino a casa –hizo una breve pausa para chupar la cucharilla– con un aparato de esos modernos. Allí lo vi, en la pantallita. Un señor de cara anchota, pelo todo blanco y un gesto serio como de estar enfadado. Pero ya os digo, todavía no he entendido si es él el que me pide una entrevista o si mi sobrino ha hecho que quien la pida sea yo.

MARIANA: ¡Caramba con el metete!

GRACITA: Un celestino.

Apolonia se acercó la taza a los labios.

–Este café –dijo con una mueca de repulsión– no sabe a nada.

GRACITA: Lástima que no puedas enseñarnos una fotografía.

–Ya os digo –hablaba con un trozo de tostada dentro de la boca– que era una fotografía como de ficha policial, con unos ojos así de grandes y la cara como de haberle pillado el fotógrafo en medio de una protesta porque desde hace varias horas no le han dado de comer en el calabozo.

MARIANA *(sonriente):* Ay, chica, no seas tan mala.

GRACITA: Vamos a ver si nos aclaramos. ¿Estás insinuando que no es tu tipo?

–Por supuesto que no lo es –respondió Apolonia imitando la sonrisa de Mariana–. A mí ya se me han ido para siempre las ganas de que me despeinen. ¿O tú te crees que me hace ilusión atarme otros cincuenta y cinco años a otro pelma? Perdona, pero si piensas así es que no me conoces.

Mariana era partidaria de practicar la desconfianza a toda costa.

GRACITA *(apartándose deprisa la taza de los labios para replicar):* Bobadas. Antes de juzgar a una persona hay que conocerla.

Se volvió hacia Apolonia y le preguntó qué pensaba hacer.

MARIANA *(entrometiéndose):* No irás a enamorarte, ¿no? ¡A nuestra edad somos fruta pasada!

GRACITA *(dando un respingo en el asiento):* Oye, pasada lo serás tú.

166

Apolonia refirió algunos detalles acerca del encuentro que su sobrino le había preparado con el desconocido.

–¿Qué hago? ¿Voy o no voy?

GRACITA: Vete.

MARIANA: Piénsalo bien.

GRACITA: Yo iría por lo menos a conocerlo. ¿Por qué no pensar que es un hombre honesto, con buenas intenciones?

MARIANA: ¿Un hombre honesto? ¿Qué es eso?

GRACITA: ¿No te parece más prudente tener un primer contacto por teléfono aunque sólo sea para escuchar su voz?

–Ni loca –respondió Apolonia–. ¿Qué iba a pensar el hombre ese de mí? ¿Que voy detrás de él como una descocada?

MARIANA: Estoy de acuerdo contigo. Guarda las distancias.

GRACITA: No hagas caso a esta. Yo en tu lugar iría a conocerlo. A lo mejor es un buen cristiano, decente y cordial, con el que puedes pasar unos ratos agradables. No me imagino que a su edad esté buscando lo que buscan todos cuando son más jóvenes.

MARIANA: Hoy día, con la Viagra, una nunca sabe. Yo te aconsejo prudencia, Apolonia, mucha prudencia, que bastante disgusto has tenido con la muerte de tu marido.

Apolonia Matesanz se metió el último trozo de tostada en la boca. Mientras lo masticaba con un lado dijo por el otro:

–Voy a tener que ir. José Antonio lo ha decidido. Sin decirme nada ha estado escribiéndole en mi nombre a ese señor.

MARIANA *(con repentina alarma):* Oye, ¿no le habrá escrito cochinadas?

–Me ha enseñado –dijo– todos los mensajes. No he visto nada de lo que me tenga que avergonzar. Ya os digo, el diálogo es bastante impersonal y, en cualquier caso, correcto. También he leído los mensajes de él. Hay que reconocer que el hombre sabe expresarse. Un poco subido el estilo, eso sí. Quizá haya sido profesor. Habla de vínculo de convivencia. Como lo oís. Voy a tener que llevar un diccionario para entenderle.

MARIANA: ¿Cómo has dicho que se llama?

–Pío. El apellido no lo ponía.

A Mariana se le saltó la risa.

GRACITA: Un hombre que se llama Pío no puede ser malo.

MARIANA *(amplia sonrisa):* Los hombres pueden ser malos se llamen como se llamen.

GRACITA: Pues a mí me da que este es un poco atolondrado; pero malo, no.

–Estará infestada de verrugas.

Elvira Fuente acompañó a su padre obra de veinte pasos a través de la plaza de Santa Ana. Hacía buen tiempo. Era sábado. Se veían niños y palomas. Las terrazas de los bares estaban concurridas.

Cuando Elvira tuvo a su padre enfilado hacia la terraza correcta, le dedicó unas palabras de ánimo y se despidió de él no sin antes recordarle dónde lo estaría esperando en el caso de que decidiera poner fin al encuentro con la mujer.

Se la señaló discretamente:

–Es aquella, ¿la ves? La del vestido gris que está sentada cerca de la pareja joven. Por favor, sé respetuoso.

A partir de allí lo dejó avanzar solo y ella se quedó mirando cómo terminaba de cruzar la plaza con sus pasos inseguros de anciano que por regla general camina apoyándose en un bastón, pero esa tarde no, él sabría por qué.

Benigno se detuvo delante de una señora de unos sesenta años, vestida parcialmente de gris, que compartía mesa en el borde de la terraza con un niño de siete u ocho años y una niña algo menor.

–Buenas tardes –le dijo–. Soy Benigno Fuente, ya sabe, el de Internet. Vengo a pedirle disculpas por un malentendido del que no tengo la culpa. Permítame una breve explicación. Mi esposa falleció el invierno pasado. Mi hija considera que desde entonces he perdido la alegría. Supongo que tiene razón. Es psicóloga. Fue ella –tuvo que hablar más alto, había un músico callejero tocando el acordeón a poca distancia– la que me puso el nombre de Pío y me metió en este asunto sin decirme nada. También la que ha organi-

169

zado esta cita. Me enteré hace dos días. Créame que siento haberla hecho venir en vano, pero yo...

De pronto guardó silencio. Alguien le daba fuertes tirones de un codo. Al volverse descubrió a su hija.

–¿Qué pasa?

–Te has equivocado de señora.

Agarrándolo de un brazo, lo acercó a una mesa situada como a tres o cuatro metros a su izquierda y, antes de dejarlo delante de la mujer que lo estaba esperando, le susurró a la oreja:

–Ya sabes dónde estoy.

De pie ante la mujer sentada, Benigno le hizo una leve reverencia y empezó a decirle:

–Buenas tardes, me llamo Benigno Fuente. Soy el de Internet.

Mariana y Gracita estaban afanosas por conocer detalles de lo ocurrido a su amiga el sábado anterior. Impelidas por la curiosidad, le propusieron adelantar al lunes su encuentro semanal en la cafetería de El Corte Inglés. El único inconveniente era que Gracita debía ocuparse de la cena de sus nietos. Por dicha razón acordaron por teléfono reunirse dos horas antes de lo habitual.

GRACITA: A ver, cuenta, cuenta. ¿Qué tal pía Pío?

Apolonia Matesanz prescindió de la tostada con mermelada. A las tres había terminado de comer en su casa. Eran las cuatro. Calor, sueño. Le bastaba, según dijo, con el descafeinado. Las otras convinieron en compartir un trozo de brazo de gitano.

–No os hagáis demasiadas ilusiones. En realidad –vertió la mitad del contenido del sobre en la taza– no hay grandes aventuras que contar.

MARIANA *(meneando la cabeza, incrédula y sonriente):* Ese luto aliviado que llevas algo significará, a mí que no me digan. Te veo en las portadas de las revistas del corazón.

Apolonia hizo un leve ademán de rechazo.

GRACITA *(con súbito entusiasmo):* Oye, se me está ocurriendo una idea. ¿Por qué no cuentas tu caso en un programa de televisión? He oído decir que pagan hasta quinientos euros por airear intimidades delante de las cámaras.

–¿Qué tal el brazo de gitano?

MARIANA: Demasiado dulce para mi gusto.

GRACITA: Y si te pones de acuerdo con tu amiguito os podéis montar una historia espectacular y forraros.

Apolonia refirió de manera sucinta su breve encuentro con el hombre.

MARIANA: Qué decepción, ¿no? Yo ya te avisé que anduvieras con cuidado.

GRACITA: ¿Y eso es todo? ¿Y tú no dijiste nada?

–Yo ¿qué iba a decir? –respondió Apolonia–. ¡Si casi no me dio tiempo! Le revelé que mi sobrino también me había metido en el asunto sin consultarme. Se quedó unos instantes como pasmado. De pronto se dio la vuelta y se marchó por donde había venido.

Quizá no sea una persona sociable. Ya os he contado que llegó con la misma cara seria de la fotografía de Internet. Primero se puso a hablar con una señora de otra mesa. A lo mejor la conocía, yo no sé. Después una chica que vino medio corriendo lo condujo hasta mí. Me soltó un discurso que parecía que lo traía aprendido de memoria.

MARIANA: Será el típico chalado que se dedica a incordiar a las mujeres y tú habrás sido una de tantas.

–Ni siquiera me miraba a los ojos. Y luego, en cuanto dije dos palabras, se largó dejándome allí plantada.

GRACITA: Un maleducado.

MARIANA: Son todos iguales. Lo llevan en los genes.

–En fin, una anécdota más –dijo Apolonia con gesto de indiferencia–, eso es todo. Le he hecho prometer a José Antonio que me dará de baja en la agencia de contactos. Entre otras razones porque no pienso acudir nunca a otro encuentro como el del sábado. Nunca, ni aunque me arrastren.

GRACITA: Es distinto cuando una conoce a un hombre personalmente.

Esta vez no llevó corbata, pero sí el bastón. Antes de salir a la calle se dijo en voz alta, delante del espejo, que ya no quería fingimientos ni coqueterías. El bastón le vino bien para apearse del taxi sin ayuda. En la acera de Menéndez Pelayo se ajustó la gorra de pana, la de todos los días desde hacía largos años, de modo que el resplandor de media tarde no le diese en los ojos. Después, a paso lento, se adentró en el Retiro.

Apolonia Matesanz lo estaba esperando, no en el banco acordado por teléfono, donde en aquel instante pegaba el sol de lleno, sino en otro, a poca distancia, cubierto por la sombra de un plátano.

Benigno Fuente le tendió la mano a modo de saludo.

–Prefiero que no me toques.

–¿Tienes miedo de que te contagie la vejez?

–Exacto.

Benigno tomó asiento en un costado del banco, el bastón entre las piernas y las dos manos, una sobre otra, apoyadas en el mango de cerezo. Entre él y Apolonia Matesanz quedaba un hueco donde habrían cabido con holgura dos personas.

–Por teléfono –dijo sin mirarla– sonabas menos áspera.

–He venido sólo para hacerte un par de preguntas y despedirme para siempre.

–¿Y por qué no me las has hecho por teléfono?

–Quería ver tu cara cuando respondas.

Por primera vez desde la llegada de Benigno, Apolonia sonrió. Llevaba los ojos tapados por unas gafas de sol y vestía con ostensible elegancia. Su pantalón negro de tergal era la única prenda de su indumentaria que recordaba el luto reciente. Para no ensuciárselo había extendido un pañuelo en la parte del banco donde estaba sentada. El pelo blanco, peinado de peluquería, tenía un fino matiz malva.

–Nunca engañé a mi marido.

–Ni yo a mi mujer.

–El sábado ¿me reconociste?

–La verdad es que no.

–¿A pesar de mi nombre? Mi sobrino no tuvo la cautela de ponerme uno inventado.

–Por el camino a casa me fui preguntando si había oído yo esa voz alguna vez. En el nombre no me paré a pensar. Son muchos años ya, ¿eh?

–Cincuenta y tantos, casi sesenta.

–Imagínate lo que ha llovido desde entonces. De haber sabido quién eras no me habría ido como me fui. Lo siento, ya no hay remedio.

–Así pues, ¿es verdad que una hija tuya te metió en la patochada de la agencia?

–Me presenté en la plaza de Santa Ana para pedir disculpas por las posibles molestias causadas. Bueno, por eso y porque a mi hija, como se le ponga una cosa entre ceja y ceja, no hay Dios que se la quite. No entiendo de ordenadores ni de nada. Hace poco me compré un televisor. Mi hija me tuvo que instalar los canales. Yo soy de la época del martillo y los clavos. El sábado, como en la foto de Internet no te había reconocido, no tenía ni idea de la clase de persona con la que me iba a topar. Ya ves que me quedé poco rato.

–Yo en cambio sí te reconocí en el ordenador a pesar de las canas y del nombre falso. El ingenuo de mi sobrino todavía cree que fui a verte porque él me convenció.

Benigno y Apolonia acordaron no seguir sentados en el banco. Puestos de pie, ella le ofreció un brazo y, así enlazados, echaron a caminar con pasos cortos y lentos hacia una de las salidas que dan a la calle de Alcalá.

–¿Qué pasa, que ya no tienes miedo de que te contagie?

–¿Te acuerdas? *Por la calle de Alcalá, con la falda almidoná y los nardos apoyaos en la cadera...*

–Ya veo que no has cambiado. Sigues cantando de pena.

–Y tú tampoco has cambiado, grosero. Serías capaz de decir que has sido más feliz que yo.

Hicieron a continuación cotejo de las dichas y desdichas que la vida había deparado a cada uno desde la última vez que se vieron, en la época remota de su juventud.

–Estamos ya en la recta final –dijo Benigno, terminado el recuento–. Esto se acaba, Apolonia.

–Pues que se acabe.

–¡Qué fortaleza la tuya! Ya me gustaría a mí pensar igual.

Se acercaban al término del parque. Benigno expresó su intención de parar un taxi, Apolonia la suya de ir andando a casa puesto que seguía viviendo en el piso de la calle de Lagasca donde ya vivía cuando era pequeña.

Mi entierro

El viernes pasado fallecí. No me es posible precisar la hora en que mi débil corazón latió por última vez. Ciertos indicios me inducen a pensar que el suceso debió de ocurrir en el transcurso de la tarde. A mediodía, sin duda alguna, yo aún respiraba. Recuerdo las campanadas de las doce en el reloj del comedor. También recuerdo que más tarde una mano trató en repetidas ocasiones de introducir una cucharada de sopa de gallina en mi boca, sin conseguirlo. A partir del intento frustrado por alimentarme, mi conciencia se fue abandonando poco a poco al sopor de la agonía. De ahí que no esté sino de forma parcial al tanto de las circunstancias relativas a las horas finales de mi existencia. Ni siquiera conozco la causa directa de mi fallecimiento. Me consta que llevaba dos semanas enfermo, al principio con fiebre, vómitos y los pies y las manos hinchados; luego sólo con fiebre acompañada de una espesa sensación de fatiga, que fue la que me impulsó a solicitar contra mi voluntad la baja laboral. En ningún instante sospeché que mi enfermedad fuera más grave de lo que unos y otros me dieron a entender. Tan sólo después de muerto he comprendido que el médico me ocultó la verdad, acaso por no dejarme privado de esperanza, acaso también por ahorrarse la escena patética del paciente que se derrumba, lloriquea, da gritos al ser informado de la magnitud de su infortunio. Sea como fuere, el médico evitó por medio de circunloquios y explicaciones vagas enfrentarme con el fatídico diagnóstico. Mis familiares lo secundaron en el disimulo. Más allá de sus sonrisas y palabras de consuelo, más allá incluso de sus bromas cada vez que se acercaban a mi cama, no acerté a penetrar sus verdaderos pensamientos. Ni el personal sanitario que me atendió ni ninguno de los seres que se supone deberían guardarme fidelidad tuvo la valentía de comunicarme que me quedaban escasos días de vida. La certeza de haber sido engañado colectivamente ha supuesto para mí una decepción que aún no he superado. Estaba persuadido de llegar a viejo, pero ya veo que no. Hoy por hoy mi único consuelo estriba en haber atravesado sin dolor el último tramo de mi vida. La muerte fue para mí mucho más sencilla de como la pintan. De hecho no empecé a tener constancia de que me había transformado en un cadáver hasta que oí a mi madre proferir a poca distancia unos gemidos bastante agudos y a mi esposa proclamar detrás de ella, sin demasiada congoja: «Pobrecito, con lo bueno que era». Otra confirmación de mi fallecimiento me la proporcionó el rápido descenso de la temperatura que experimenté. Un tímido intento de incorporarme cuando nadie me veía fracasó. Y por si no fueran suficientes aquellas inequívocas señales, mi madre me cerró los párpados, mi mujer trajo dos velas y nuestros hijos se pelearon por encenderlas. Fue mi mujer quien se encargó de lavarme con una esponja perfumada y vestirme mi indumentaria de cadáver. A pesar de lo escrupulosa que es de costumbre en cuestiones de higiene, no llevó a cabo una limpieza concienzuda; se limitó a mojar un poco por aquí, otro poco por allá, pero aun así me habría gustado agradecer sus buenas intenciones. Habría sido hermoso que su gesto implicara un acto de aceptación hacia mí después de ocho años sin relaciones íntimas entre nosotros. Me calzó mis mejores zapatos. Lo que no llego a comprender es que me pusiera la camisa amarilla que ella tanto detestaba. Mi madre se reservó la tarea de afeitarme. Lo hizo, en mi opinión, con esmero no exento de ternura, conjeturando seguramente, puesto que es una persona devota, que uno asiste con su pasada apariencia carnal al juicio de los difuntos. De otro modo no se explica que me arrancase con una pinza los pelos de las orejas. Por la mañana, un cuarto de hora antes de la llegada de los funerarios, mi mujer hizo entrar a nuestros hijos en la habitación para que se despidieran de su padre. El mayor me dio un beso rápido en la frente. Con la misma rapidez se pasó el dorso de la mano por los labios. En cuanto al pequeño, muchacho de índole vengativa, primeramente se negó a acercarse a mi lado. Por dicha razón se produjo un conato de disputa entre él y su madre en el umbral. Recordé que por los días previos a mi enfermedad juzgué oportuno dirigirle unos cuantos reproches con ocasión de sus malas notas escolares. Se conoce que mi muerte no había servido para atemperar su despecho. El caso es que sólo las súplicas de su abuela lo movieron a colocarse junto al borde de la cama. En lugar de besarme como su hermano, inclinó la cabeza y me susurró al oído una ordinariez que prefiero no traer a colación. Nada más salir al pasillo oí a uno y otro reclamar el desayuno. Una vez que fui introducido en la caja, mi madre solicitó a los funerarios que la dejaran unos minutos a solas conmigo. Después de hacerme una caricia con los nudillos en la mejilla, colocó sobre mi vientre, bajo mis manos sobrepuestas, un ejemplar del Nuevo Testamento. Salió sollozando de la habitación. La última en despedirse, también a solas, fue mi mujer. Cerciorándose de que nadie podía oírla, dijo en voz baja: «Me has hecho sufrir mucho y es mejor que te vayas, pero te perdono». Apenas un minuto después fue cerrada la tapa de la caja. A salvo de cualquier mirada, hice un intento por comprobar la calidad del forro. Sospechaba que mis familiares se hubiesen mostrado ahorrativos en exceso, considerando con avaricia compartida que no merece la pena gastar dinero en la comodidad de un muerto. No pude poner por obra la comprobación. La rigidez se había apoderado definitivamente de mi cadáver. A pesar de ello no terminaba de acostumbrarme a la inmovilidad, hasta el punto de que en varias ocasiones concebí el propósito de llevarme una mano a los párpados para abrirlos, sin prever que me estaba vedado todo movimiento. Constaté, eso sí, complacido que el interior de la tapa no me oprimía la frente. También me agradaron las dimensiones de la caja, que me permitían yacer estirado en toda mi estatura. Permanecí dos, acaso tres días, en el tanatorio. Durante todo ese tiempo no paré de preguntarme si sería incinerado o habría un hueco para mí en la tumba de mi familia paterna. A ratos me parecía preferible una opción, a ratos la otra. En líneas generales me daba igual que mis restos mortales se mineralizaran por la vía rápida o por la lenta. Me desagradaba, no obstante, la idea de que alguna vez, en el futuro, un arqueólogo quitara el polvo de mi calavera con un pincel. Tampoco me causaba ilusión verme reducido a un montón de ceniza dentro de un recipiente metálico y que mis hijos lo utilizaran para alguna de sus fechorías. Conque, sinceramente, no acertaba a concretar mi deseo. Sumido en estas cavilaciones, noté que la caja se meneaba. No había duda de que me estaban cambiando de lugar. Una voz varonil, para mí desconocida, dijo en tono autoritario: «Agárralo bien, Jesús. No se nos vaya a caer como el de la semana pasada». No tengo constancia de que se me hiciera un funeral en la parroquia del barrio; aunque, conociendo a mi madre, es imposible que tal cosa no hubiera sucedido. La duración del transporte me confirmó que me llevaban al cementerio y no al crematorio. Me pareció bien. Allí reconocí la voz del párroco. Este hizo una breve semblanza de mi persona, salpicada de elogios. Enumeró méritos que yo nunca habría creído poseer. No se escucharon lamentos. La caja que me contenía fue depositada en el interior de la tumba. Poco después sonaron las simbólicas paladas de tierra sobre la tapa de madera. No llegué a contarlas, pero desde luego no fueron menos de diez. Por último fue colocada la losa sobre mí. Acallados los ruidos del mundo, me vino de repente una sensación como de haber llegado no se sabe adónde y de estar esperando no se sabe a qué, sin que nada haya sucedido hasta la fecha.

MAXI
TUSQUETS
EDITORES